UNIFICA-ME

TAHEREH MAFI

UNIFICA-ME

São Paulo
2025

Grupo Editorial
UNIVERSO DOS **LIVROS**

Unite Me
Destroy me © 2012; Fracture me © 2013; Juliette's Journal © 2014 - by Tahereh Mafi
All rights reserved

© 2021 by Universo dos Livros
Todos os direitos reservados e protegidos pela Lei 9.610 de 19/02/1998.
Nenhuma parte deste livro, sem autorização prévia por escrito da editora, poderá ser reproduzida ou transmitida sejam quais forem os meios empregados: eletrônicos, mecânicos, fotográficos, gravação ou quaisquer outros.

Diretor editorial: **Luis Matos**
Gerente editorial: **Marcia Batista**
Assistentes editoriais: **Letícia Nakamura e Raquel F. Abranches**
Tradução: **Cynthia Costa**
Preparação: **Monique D'Orazio**
Revisão: **Nathalia Ferrarezi** e **Nilce Xavier**
Capa: **Colin Anderson**
Foto de capa: **Sharee Davenport**
Arte e Adaptação da capa: **Renato Klisman**
Projeto gráfico: **Aline Maria**

Dados Internacionais de Catalogação na Publicação (CIP)
Angélica Ilacqua CRB-8/7057

M161u	Mafi, Tahereh
	Unifica-me / Tahereh Mafi ; tradução de Cynthia Costa.
	–– São Paulo : Universo dos Livros, 2021.
	192 p. (Estilhaça-me)
	ISBN 978-65-5609-125-9
	Título original: Unite me
	1. Literatura juvenil norte-americana 2, Distopia
	Ficção I. Título II. Costa, Cynthia
21-2497	CDD 813.6

Universo dos Livros Editora Ltda.
Avenida Ordem e Progresso, 157 – 8º andar – Conj. 803
CEP 01141-030 – Barra Funda – São Paulo/SP
Telefone/Fax: (11) 3392-3336
www.universodoslivros.com.br
e-mail: editor@universodoslivros.com.br
Siga-nos no Twitter: @univdoslivros

SUMÁRIO

DESTRUA-ME
07

FRAGMENTA-ME
109

169

Prólogo

Levei um tiro.

E, ao que parece, um ferimento de bala é bem mais desconfortável do que eu imaginava.

Minha pele está fria e pegajosa; preciso fazer um esforço hercúleo para respirar. A tortura ruge pelo meu braço direito, e eu não consigo focar. Preciso apertar bem os olhos, ranger os dentes, me forçar a prestar atenção.

O caos é insuportável.

Várias pessoas estão gritando e muitas delas me tocando, e eu quero remover suas mãos cirurgicamente. Gritam "Senhor!", como se ainda esperassem que eu lhes desse ordens, como se não tivessem ideia do que fazer sem as minhas instruções. Perceber isso me exaure.

— Senhor, está me ouvindo? — Outro grito; mas, desta vez, de uma voz que não odeio. — Senhor, por favor, está me ouvindo...

— Levei um tiro, Delalieu — consigo dizer. Abro os olhos. Vejo como os dele estão cheios d'água. — Mas não fiquei surdo.

De repente, o barulho cessa. Os soldados se calam.

Delalieu olha para mim. Preocupado.

Eu suspiro.

– Leve-me de volta – digo a ele, virando-me um pouco. O mundo parece oscilar e estabilizar-se de uma só vez. – Avise os médicos e prepare minha cama para a nossa chegada. Enquanto isso, erga o meu braço e continue pressionando a ferida. A bala quebrou ou fraturou algo, então será necessário operar.

Delalieu não diz nada por um momento longo demais.

– Que bom que o senhor está bem. – A voz dele soa nervosa, vacilante. – Que bom que está bem.

– Foi uma ordem, tenente.

– Claro – ele responde depressa com um aceno de cabeça. – Certamente, senhor. Como devo instruir os soldados?

– Encontre-a – ordeno.

Falar está ficando mais difícil. Respiro um pouco e passo a mão trêmula pela testa. Percebo que estou transpirando em excesso.

– Sim, senhor. – Ele me ajuda a levantar, mas eu agarro seu braço.

– Uma última coisa.

– Senhor?

– Kent. – Minha voz falha agora. – Certifiquem-se de mantê-lo vivo para mim.

Delalieu ergue os olhos arregalados.

– Soldado Adam Kent, senhor?

– Sim – olho nos olhos dele. – Ele é meu!

Um

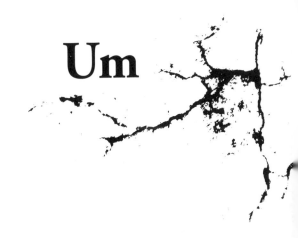

Delalieu está ao pé da cama segurando uma prancheta.

Ele já é a minha segunda visita nesta manhã. A primeira foi a dos médicos, que confirmaram que a cirurgia tinha corrido bem. Disseram que, como eu fiquei em repouso esta semana, os novos medicamentos devem acelerar meu processo de cura. Também disseram que eu devo estar apto para retomar as atividades cotidianas em breve, mas serei obrigado a usar uma tipoia por pelo menos um mês.

Eu lhes disse que aquela era uma teoria interessante.

– Minhas calças, Delalieu.

Estou me sentando, tentando firmar minha cabeça contra a náusea desses novos remédios. Para todos os efeitos, meu braço direito está inutilizado agora.

Olho para cima. Delalieu está me encarando, sem piscar, o pomo de adão latejando em sua garganta.

Eu sufoco um suspiro.

– O que foi?

Uso o braço esquerdo para me firmar contra o colchão e me forço a ficar em pé, o que consome cada grama de energia que me resta. Fico agarrado à estrutura da cama, mas não permito que Delalieu me ajude; fecho os olhos para controlar a dor e a tontura.

– Diga-me o que aconteceu – ordeno. – Não adianta adiar más notícias.

Sua voz falha duas vezes quando ele diz:

– O soldado Adam Kent escapou, senhor.

Meus olhos faíscam com um brilho branco por trás das pálpebras. Respiro fundo e tento passar a mão boa pelo cabelo. Está espesso e seco, coberto com o que deve ser sujeira misturada com meu próprio sangue. Quero socar a parede com o punho que me resta.

Em vez disso, permito-me um momento para me recompor.

Subitamente, fico muito ciente de tudo ao meu redor, os cheiros e os pequenos ruídos e os passos do lado de fora da porta. Odeio essas calças de algodão áspero. Odeio não estar usando meias. Quero tomar banho. Quero me trocar.

Quero alojar uma bala na espinha de Adam Kent.

– Pistas – eu exijo.

E me movo em direção ao banheiro, estremecendo contra o ar frio que atinge minha pele; ainda estou sem camisa. Tentando manter a calma.

– Não me diga que você trouxe essa informação sem ter nenhuma pista.

Minha mente é um depósito de emoções humanas cuidadosamente organizadas. Quase posso ver meu cérebro funcionando, arquivando pensamentos e imagens. Tranco as informações que não me servem. Concentro-me apenas no que precisa ser feito: os componentes básicos da sobrevivência e as inúmeras coisas que devo administrar ao longo do dia.

— Não, senhor – diz Delalieu. O medo em sua voz me incomoda um pouco, mas ignoro. – Sim, senhor – ele continua –, acho que sabemos para onde ele pode ter ido e temos motivos para acreditar que o soldado Kent e a... e a garota... Bem, como o soldado Kishimoto também fugiu... Nós temos motivos para acreditar que estão todos juntos, senhor.

As gavetas na minha mente estão chacoalhando para serem abertas. Recordações. Teorias. Sussurros e sensações.

Eu as empurro do alto de um penhasco.

— É claro que têm. – Eu balanço a cabeça, mas me arrependo. Fecho os olhos para controlar a repentina instabilidade. – Não me dê informações que já deduzi por conta própria – consigo dizer. – Quero algo concreto. Me dê uma pista sólida, tenente, ou me deixe em paz até que tenha uma.

— Um carro – Delalieu diz rapidamente. – Um carro foi dado como roubado, senhor, e conseguimos rastreá-lo até um local não identificado, mas ele desapareceu do mapa. É como se tivesse deixado de existir, senhor.

Eu olho para cima. Dedico-lhe toda a minha atenção.

— Seguimos os rastros que deixou em nosso radar – ele prossegue, falando com mais calma agora – e chegamos a um terreno isolado e árido, mas vasculhamos a área e não encontramos nada.

— Já é alguma coisa, pelo menos.

Esfrego a nuca, lutando contra a fraqueza que sinto até o fundo dos meus ossos. Aviso:

— Encontro você na Sala L em uma hora.

— Mas, senhor – diz ele, com os olhos voltados para o meu braço –, o senhor precisará de ajuda... Há todo um processo... Precisará de um enfermeiro...

– Está dispensado.
Ele hesita.
Depois:
– Sim, senhor.

Dois

Consigo tomar banho sem perder a consciência.

Foi mais um banho de gato, mas me sinto melhor mesmo assim. Tenho um limiar extremamente baixo para a desordem; é algo que me irrita no fundo da alma. Tomo banho regularmente. Faço seis pequenas refeições por dia. Dedico duas horas todos os dias para o exercício físico. E detesto ficar descalço.

Agora, estou nu, com fome, cansado e descalço no meu *closet*. É longe de ser o ideal.

O espaço é dividido em várias seções. Camisas, gravatas, calças, jaquetas e botas. Meias, luvas, cachecóis e casacos. Tudo organizado por cor, depois por tons dentro da paleta de cada cor. Cada peça de roupa é meticulosamente escolhida e feita sob medida para se adequar exatamente ao meu corpo. Não me sinto eu até estar totalmente vestido; faz parte de quem sou e de como começo meu dia.

Mas agora não tenho a menor ideia de como conseguirei me vestir.

Minha mão treme enquanto alcanço o vidrinho azul que me foi dado naquela manhã. Coloco dois dos comprimidos na língua para que se dissolvam. Não sei exatamente qual é o efeito, só sei que ajudam a reabastecer o sangue que perdi. Então, eu me apoio contra a parede até que meus pensamentos se desanuviem e eu me sinta mais forte para ficar em pé.

Para cumprir uma tarefa tão comum. Não é um obstáculo com o qual eu estava contando.

Calço as meias primeiro; um prazer simples que requer mais esforço do que atirar em um homem. Logo me pergunto o que os médicos fizeram com as minhas roupas. *As roupas*, digo a mim mesmo, *apenas as roupas*; estou me concentrando apenas nas roupas daquele dia. Em nada mais. Nenhum outro detalhe.

Botas. Meias. Calças. Blusa. Jaqueta militar com seus muitos botões.

Os muitos botões que ela estourou.

É um pequeno lembrete, mas suficiente para me desconcentrar.

Tento lutar contra, mas a lembrança persiste e, quanto mais eu tento ignorar a memória, mais ela se multiplica, como se fosse um monstro que não pode mais ser contido. Nem percebo que fui escorregando pela parede até sentir o frio subindo pela minha pele; estou respirando muito forte e fechando os olhos com força para refrear o súbito constrangimento.

Sabia que ela estava apavorada, horrorizada até, mas nunca pensei que esses sentimentos fossem dirigidos a mim. Eu a observei evoluindo à medida que passávamos o tempo juntos; ela parecia mais confortável com o decorrer das semanas. Mais feliz. À vontade. Me permiti acreditar que ela enxergava um futuro para nós; que ela queria ficar comigo, mas simplesmente achava impossível.

Nunca suspeitei que sua repentina felicidade fosse por causa do Kent.

Passo a mão boa por todo o rosto; cubro a boca. As coisas que eu disse a ela.

Uma respiração apertada.

UNIFICA-ME

A maneira como a toquei.

Minha mandíbula fica tensa.

Se não fosse nada além de atração sexual, tenho certeza de que não sofreria essa humilhação insuportável, mas eu queria muito mais do que o seu corpo.

De repente, imploro à minha mente para não pensar em nada além de paredes. Paredes. Paredes brancas. Blocos de concreto. Cômodos vazios. Espaços abertos.

Construo paredes até que elas comecem a desmoronar e, então, forço a construção de outro conjunto para ocupar seu lugar. Construo e construo e permaneço imóvel até que minha mente fique limpa, descontaminada, contendo nada além de uma pequena sala branca. Uma única lâmpada pendendo do teto.

Limpa. Impecável. Imperturbável.

Pisco quando uma onda de desastre ameaça o pequeno mundo que construí; engulo em seco contra o medo que começa a apertar minha garganta. Empurro as paredes para trás, criando mais espaço na sala até que eu finalmente possa respirar. Até que eu seja capaz de ficar nela.

Às vezes, gostaria de poder sair de mim por um tempo. Queria deixar este corpo desgastado para trás, mas minhas correntes são muitas e meus pesos, muito pesados. Esta vida é tudo que resta para mim. E sei que não serei capaz de me encontrar no espelho pelo resto do dia.

De repente, estou com nojo de mim mesmo. Tenho que sair dessa sala o mais rapidamente possível, ou meus próprios pensamentos vão travar uma guerra contra mim. Tomo uma decisão precipitada e, pela primeira vez, não presto atenção ao que estou vestindo. Coloco uma calça limpa e vou sem camisa. Enfio o braço bom na manga de um blazer e o outro ombro na alça da tipoia que está carregando meu braço ferido. Pareço ridículo, exposto assim, mas vou encontrar uma solução amanhã.

Primeiro, tenho que sair daqui.

Três

Delalieu é a única pessoa aqui que não me odeia.

Ele ainda passa a maior parte do tempo na minha presença se encolhendo de medo, mas, por algum motivo, não tem interesse em me derrubar. Posso sentir, embora não entenda. Ele, provavelmente, é a única pessoa neste edifício contente por eu não estar morto.

Levanto a mão para afastar os soldados que vêm correndo quando eu abro a porta. É necessária muita concentração para evitar que meus dedos tremam enquanto limpo o leve brilho de suor da minha testa, mas não vou me permitir um momento de fraqueza. Esses homens não temem por minha segurança; só querem ver de perto o espetáculo que me tornei. Querem dar uma primeira espiadinha nas rachaduras da minha sanidade, mas não desejo ser examinado por olhos curiosos.

Meu trabalho é liderar.

Fui baleado; não será fatal. Existem coisas a serem resolvidas; eu vou resolvê-las.

Esta ferida será esquecida.

Não se falará dela.

Vou abrindo e fechando os dedos enquanto caminho em direção à Sala L. Nunca tinha percebido como são longos estes corredores e quantos soldados se enfileiram ao longo deles. Não disfarçam seus olhares curiosos nem sua decepção por eu não ter morrido. Nem preciso olhar para eles para saber o que estão pensando. Mas, sabendo como se sentem, fico ainda mais determinado a viver uma vida muito longa.

Não darei a ninguém a satisfação da minha morte.

— Não.

Dispenso o serviço de chá e café pela quarta vez.

— Não bebo cafeína, Delalieu. Por que você sempre insiste que ela seja servida nas minhas refeições?

— Suponho que sempre espero que mude de ideia, senhor.

Olho para ele. Delalieu está sorrindo aquele sorriso estranho e inseguro. E, não estou totalmente certo, mas acho que ele acabou de fazer uma piada.

— Por quê? — pego uma fatia de pão. — Sou perfeitamente capaz de manter os olhos abertos. Só um idiota confiaria na energia de um grão ou de uma folha para ficar acordado o dia todo.

Delalieu não está mais sorrindo.

— Sim — ele diz. — Certamente, senhor.

Ele olha para a própria refeição. Observo enquanto seus dedos afastam a xícara de café. Largo o pão de volta no meu prato.

— Minhas opiniões não devem quebrar as suas tão facilmente — digo a ele, baixinho desta vez. — Mantenha suas convicções. Elabore argumentos claros e lógicos. Mesmo se eu discordar.

— Claro, senhor — ele sussurra.

E não diz mais nada por alguns segundos. Mas, então, vejo que pega o café novamente.

Delalieu.

Ele, eu acho, é meu único interlocutor.

Foi originalmente designado para este setor por meu pai e, desde então, recebeu ordens de permanecer aqui até que não seja mais capaz de desempenhar a função. Apesar de ser, provavelmente, 45 anos mais velho do que eu, ele insiste em permanecer diretamente abaixo de mim. Conheço o rosto de Delalieu desde a infância; costumava vê-lo em casa, sentado nas muitas reuniões que aconteciam nos anos que antecederam a ascensão do Restabelecimento.

As reuniões eram infinitas na minha casa.

Meu pai estava sempre planejando coisas, conduzindo discussões e conversas sussurradas das quais eu nunca tinha permissão para participar. Os homens que frequentavam aquelas reuniões estão agora no comando do mundo, então, quando olho para Delalieu, não posso deixar de me perguntar por que ele nunca aspirou ir mais longe. Ele faz parte desse regime desde o início, mas, por algum motivo, parece contente em morrer assim como é agora. Ele escolhe permanecer subserviente, mesmo quando lhe dou oportunidades de falar; recusa-se a ser promovido, mesmo quando lhe ofereço um salário mais alto. E, embora eu seja grato à sua lealdade, toda essa devoção me irrita. Ele não parece desejar mais do que aquilo que tem.

Eu não deveria confiar nele.

Ainda assim, eu confio.

Comecei, porém, a enlouquecer por falta de alguém para conversar. Não consigo manter nada além de uma fria distância dos meus soldados, não só porque todos desejam me ver morto, mas também porque tenho a responsabilidade de ser seu líder para tomar decisões imparciais. Me sentenciei a uma vida de solidão, na qual não tenho colegas nem qualquer mente além da minha. Procurei me construir como um líder temido e consegui; ninguém vai questionar a minha autoridade ou postular uma opinião contrária. Ninguém vai falar nada comigo a não ser o comandante-chefe e regente do Setor 45. Amizade não é algo que eu já tenha experimentado. Nem quando era criança, nem agora.

Com uma exceção.

Um mês atrás, conheci a exceção a essa regra. *Houve* uma pessoa que me olhou diretamente no olho. A mesma pessoa que falou comigo sem filtros; alguém que não teve medo de demonstrar raiva e sentimentos reais, em estado cru, na minha presença; a única que já se atreveu a me desafiar, a levantar a voz para mim…

Aperto meus olhos pelo que parece ser a décima vez hoje. Abro o punho em torno do garfo e o deixo cair sobre a mesa. Meu braço começou a latejar novamente, e eu retiro os comprimidos guardados no meu bolso.

— O senhor não deve tomar mais do que oito dentro de um período de 24 horas, senhor.

Abro a tampa e coloco mais três na boca. Realmente gostaria que as minhas mãos parassem de tremer. Meus músculos parecem muito apertados, muito tensos. Como se tivessem sido estirados.

Não espero que os comprimidos se dissolvam. Começo a mastigá-los, sentindo seu amargor. Há algo no sabor desagradável e metálico que me ajuda a recuperar a concentração.

— Fale-me sobre o Kent.

Delalieu derruba sua xícara de café.

As copeiras tinham saído da sala porque mandei; Delalieu não recebe ajuda para limpar a bagunça. Eu me recosto na cadeira, olhando para a parede atrás dele, calculando mentalmente os minutos que perdi ao longo do dia.

— Largue o café.

— Eu… Sim, é claro, senhor…

UNIFICA-ME

— Pare.

Delalieu larga os guardanapos encharcados. Suas mãos ficam paralisadas no ar, sobre seu prato.

— Fale.

Eu vejo o nó em sua garganta enquanto ele engole e hesita.

— Nós não sabemos, senhor — murmura. — Deveria ser impossível encontrar o prédio, quem dirá entrar. Ele foi aparafusado e soldado. Mas, quando o encontramos — ele relata —, quando o encontramos... A porta havia sido destruída. Não tenho certeza de como conseguiram fazer isso.

Corrijo a minha postura.

— O que você quer dizer com destruída?

Ele balança a cabeça.

— Foi... Muito estranho, senhor. A porta estava... destroçada. Como se algum animal tivesse aberto uma passagem com as garras. Havia apenas um buraco irregular no meio da moldura.

Levanto-me rápido demais, segurando a mesa para me apoiar.

Fico sem fôlego só de pensar nisso, na possibilidade do que deve ter acontecido. E não posso deixar de me permitir o prazer doloroso de lembrar o nome dela mais uma vez, porque sei que deve ter sido ela. Ela deve ter feito algo extraordinário, e eu nem estava lá para testemunhar.

— Chame o transporte — ordeno. — Encontro você no Quadrante daqui a exatamente dez minutos.

— Senhor?

Já estou lá fora.

Quatro

Transpassada bem no meio. Como se fosse a obra de um animal. É verdade.

Para um observador desavisado, seria a única explicação; ainda assim, não faria nenhum sentido. Nenhum animal vivo poderia arranhar esses muitos centímetros de aço reforçado sem amputar os próprios membros.

E ela não é um animal.

É uma criatura suave e mortal. Gentil, tímida e assustadora. Está completamente fora de controle e não tem ideia do que é capaz de fazer. E, mesmo que ela me odeie, eu não consigo deixar de ficar fascinado por ela. Estou encantado com sua falsa inocência; até mesmo com inveja do poder que ela exerce tão involuntariamente. Quero muito fazer parte do seu mundo. Quero saber como é estar em sua mente, sentir o que ela sente. Esse parece ser um peso tremendo para se carregar.

E agora ela está lá fora, em algum lugar, solta na sociedade.

Que belo desastre.

Corro meus dedos ao longo das bordas dentadas do buraco, com cuidado para não me cortar. Não se trata de algo planejado, não há nenhuma premeditação. Apenas um fervor angustiado tão facilmente perceptível no rasgo caótico desta porta. Não posso deixar de me perguntar se ela sabia o que estava fazendo quando isso aconteceu ou se foi tão inesperado como no dia em que atravessou aquela parede de concreto para chegar até mim.

Tenho que reprimir um sorriso. Me pergunto como ela deve se lembrar daquele dia. Cada soldado que treinei entrou na simulação sabendo exatamente o que esperar, mas eu escondi esses detalhes dela de propósito. Pensei que a experiência deveria ser o mais autêntica possível; e esperava que os elementos realistas garantissem essa autenticidade. Mais do que qualquer outra coisa, eu queria que ela tivesse a chance de explorar sua verdadeira natureza – exercitar sua força em um espaço seguro – e, dado seu passado, eu sabia que uma criança seria o gatilho perfeito, mas nunca poderia ter previsto resultados tão revolucionários. Seu desempenho foi além do que eu esperava. E, embora eu quisesse discutir os resultados com ela depois, quando a encontrei, ela já estava planejando sua fuga.

Meu sorriso empalidece.

– Gostaria de entrar, senhor? – a voz de Delalieu me traz de volta ao presente. – Não há muito para se ver lá dentro, mas é interessante notar que o buraco é grande o suficiente para alguém passar com facilidade. Parece claro, senhor, que essa era a intenção.

Faço que sim, distraído. Meus olhos catalogam cuidadosamente as dimensões do buraco; tento imaginar como deve ter sido para ela estar aqui, tentando passar. Quero muito poder falar com ela sobre tudo isso.

Subitamente, meu coração se retorce.

Lembro-me, mais uma vez, de que ela não está mais comigo. Não mora mais na base.

Sou culpado por ela ter ido embora. Eu me permiti acreditar que ela finalmente estava indo bem, e isso afetou meu julgamento. Deveria ter prestado mais atenção aos detalhes. Aos soldados.

Perdi de vista meu propósito e meu objetivo maior; toda a razão pela qual eu a trouxera para a base. Fui burro. Descuidado.

Mas a verdade é que eu estava distraído.

Por ela.

Ela era tão teimosa e infantil quando chegou; mas, com o passar das semanas, pareceu se acalmar; ficou menos ansiosa, de alguma maneira com menos medo. Tenho de continuar lembrando a mim mesmo que a evolução dela não teve nada a ver comigo.

Mas, sim, com Kent.

Uma traição que, de certa forma, parecia impossível. Que ela iria me deixar por um idiota robótico e insensível como Kent. Seus pensamentos são tão vazios, tão irracionais; é como conversar com um abajur. Não entendo o que ele pode ter oferecido a ela, o que ela pode ter visto nele, exceto uma ferramenta para escapar dali.

Ela ainda não percebeu que não há futuro para ela no mundo das pessoas comuns. Ela não pertence a um grupo que nunca vai entendê-la. E eu tenho que trazê-la de volta.

Só percebo que disse isso em voz alta quando ouço a voz de Delalieu.

– Temos tropas em todo o setor procurando por ela – ele diz. – E alertamos os setores vizinhos, caso o grupo cruze...

– O quê? – eu me viro; minha voz está calma e ameaçadora. – O que acabou de dizer?

Delalieu empalidece de forma doentia.

– Só fiquei inconsciente por uma noite! E vocês já alertaram os outros setores sobre essa *catástrofe*...

— Pensei que ia querer encontrá-los, senhor, e imaginei que eles poderiam buscar refúgio em outro lugar...

Preciso de um instante para respirar e me recompor.

— Sinto muito, senhor. Pensei que seria mais seguro...

— Ela está acompanhada por dois dos meus próprios soldados, tenente. Nenhum deles é burro o bastante para levá-la a outro setor. Eles não têm a permissão de cruzar a fronteira entre setores nem as ferramentas para obtê-la.

— Mas...

— Eles desapareceram há um dia. Estão seriamente feridos e precisam de ajuda. Estão viajando a pé e com um veículo roubado facilmente rastreável. Será que podem ter ido longe? — pergunto a ele, a frustração despontando na minha voz.

Delalieu não diz nada.

— Você disparou um alarme nacional. Notificou vários setores, o que significa que agora o país inteiro sabe. O que também significa que as capitais já foram avisadas. E isso significa o quê? — Cerro o punho da mão boa. — O que acha que isso significa, tenente?

Por um momento, ele parece não conseguir falar.

Então:

— Senhor — ele engasga. — Por favor, me perdoe.

Cinco

Delalieu me acompanha até a minha porta.

— Reúna as tropas no Quadrante amanhã às dez horas — é assim que eu me despeço dele. — Terei de fazer um anúncio sobre o que aconteceu e sobre o que acontecerá a partir de agora.

— Sim, senhor — diz Delalieu. Ele não olha para cima. Não me olhou desde que saímos do galpão.

Mas tenho outras coisas com que me preocupar.

Além da estupidez de Delalieu, há um número infinito de problemas com os quais tenho de lidar agora. Não posso me dar ao luxo de ter mais dificuldades e nem permitir distrações. Não por ela. Não por Delalieu. Nem por ninguém. Preciso me focar.

Que péssimo momento para estar machucado.

A notícia da nossa situação já atingiu nível nacional. Civis e setores vizinhos agora estão cientes de nosso pequeno levante, e temos que abafar os rumores tanto quanto possível. Tenho que dar um jeito de desarmar os alertas que Delalieu já enviou e, ao mesmo tempo, suprimir qualquer esperança de rebelião entre os cidadãos. Eles já estão flertando com a resistência, e qualquer centelha de controvérsia vai reacender seu fervor.

UNIFICA-ME

Muitos já morreram e ainda não parecem entender que se opor ao Restabelecimento é pedir mais destruição. Os civis devem ser pacificados.

Não quero uma guerra no meu setor.

Agora, mais do que nunca, preciso estar no controle de mim mesmo e das minhas responsabilidades, mas minha mente está dispersa, e meu corpo, cansado e ferido. O dia todo estive à beira de um colapso e não sei o que fazer. Não tenho ideia de como consertar isso. Essa fraqueza é estranha ao meu ser.

Em apenas dois dias, uma garota conseguiu me paralisar.

Tomei outras daquelas pílulas nojentas, mas me sinto mais fraco do que de manhã. Achei que poderia ignorar a dor e a inconveniência de um ombro ferido, mas a complicação se recusa a diminuir. Agora estou totalmente dependente de qualquer coisa que me permita encarar essas próximas semanas de frustração. Remédios, médicos, horas na cama.

Tudo por causa de um beijo.

É quase insuportável.

– Estarei no meu escritório pelo resto do dia – aviso Delalieu. – Mande as refeições para o meu quarto e não me perturbe, a menos que haja novos desdobramentos.

– Sim, senhor.

– Isso é tudo, tenente.

– Sim, senhor.

Nem me dou conta de como estou me sentindo mal até fechar a porta do quarto. Cambaleio até a cama e me agarro à sua estrutura para não cair. Estou suando de novo e decido tirar o blazer que usei na nossa excursão externa. Puxo a peça de roupa que joguei displicentemente sobre meu ombro machucado esta manhã e caio de costas na cama. Estou, de repente, congelando. Minha mão sadia treme quando tento alcançar o botão de chamada do médico.

Preciso trocar o curativo no meu ombro. Preciso comer algo substancial. E, mais que tudo, preciso desesperadamente tomar um banho de verdade, o que parece algo impossível.

Alguém está parado perto de mim.

Pisco várias vezes, mas só consigo ver uma silhueta. Um rosto continua entrando e saindo de foco, até que eu finalmente desisto. Meus olhos se fecham. Minha cabeça está latejando forte. A dor está queimando meus ossos e subindo pelo meu pescoço; *flashes* vermelhos, amarelos e azuis se misturam atrás das minhas pálpebras. Entendo apenas lances da conversa ao meu redor.

... parece ter desenvolvido uma febre...

... provavelmente, sedá-lo...

... quantos ele tomou?...

Eles vão me matar, eu percebo. É a oportunidade perfeita. Estou fraco e incapaz de lutar, e alguém finalmente veio me matar. É isso. Meu momento. Chegou. E, de alguma forma, eu não consigo aceitar.

Reajo às vozes; um som desumano escapa da minha garganta. Algo duro atinge meu punho e cai no chão. Mãos seguram meu braço direito e o prendem no lugar. Algo está sendo apertado em volta dos meus tornozelos, do meu pulso. Estou me debatendo contra essas novas restrições e chutando desesperadamente o ar. A escuridão parece estar pressionando meus olhos, meus ouvidos, minha garganta. Não consigo respirar, não consigo ouvir nem ver com clareza, e a sufocação do momento é tão terrível que tenho quase certeza de que perdi a cabeça de vez.

Algo frio e afiado aperta meu braço.

Tenho apenas um momento para refletir sobre a dor antes que ela me engula por completo.

Seis

— Juliette — eu sussurro. — O que está fazendo aqui?

Estou meio vestido, preparando-me para começar o dia, e está cedo para receber pessoas. Essas horas antes do nascer do sol são meus únicos momentos de paz; ninguém deveria estar aqui. Não é possível que ela tenha conseguido acessar meus aposentos privados.

Alguém deveria tê-la impedido.

Mas cá está ela parada na minha porta, olhando para mim. Já a vi tantas vezes, mas agora é diferente — olhar para ela me causa uma dor física. De alguma forma, porém, ainda me sinto atraído, quero me aproximar dela.

— Sinto muito — diz ela torcendo as mãos, olhando para longe de mim. — Sinto tanto.

Noto o que está vestindo.

É um vestido verde-escuro com mangas justas; um corte simples de algodão que envolve as curvas suaves do seu corpo. Complementa os pontos verdes de seus olhos de uma maneira que eu não poderia ter previsto. É um dos muitos vestidos que escolhi para ela. Achei que ela gostaria de ter algo bonito depois de seu longo período enjaulada como um animal. E não consigo explicar bem, mas me dá uma estranha sensação de orgulho vê-la trajando algo que eu mesmo escolhi.

– Sinto muito – diz ela pela terceira vez.

E, de novo, fico impressionado, mal conseguindo acreditar que ela está aqui. No meu quarto. Olhando para mim sem camisa. Seu cabelo é tão longo que cai até o meio das costas; tenho que cerrar meus punhos para controlar a necessidade repentina de passar as mãos neles. Ela é tão linda.

Não entendo por que continua se desculpando. Ela fecha a porta atrás de si. Está se aproximando de mim. Meu coração está batendo rápido agora, e não de maneira natural. Não reajo dessa forma. Não perco o controle. Eu a vejo todos os dias e consigo manter a aparência de dignidade, mas algo está errado; isso não pode estar certo.

Ela está tocando meu braço.

Está passando os dedos ao longo da curva do meu ombro, e o toque de sua pele contra a minha me faz querer gritar. A dor é insuportável, mas não consigo falar; fico paralisado no lugar.

Quero dizer para ela parar, para ir embora, mas partes de mim estão em guerra. Estou feliz por tê-la perto, mesmo que doa, mesmo que não faça sentido, mas não consigo tocá-la; não consigo abraçá-la como sempre quis.

Ela me olha.

Ela me examina com aqueles estranhos olhos verde-azulados e, de repente, eu me sinto culpado, sem entender por quê. No entanto, existe algo na maneira como Juliette me olha que sempre faz eu me sentir insignificante, como se ela fosse a única que percebesse como sou totalmente vazio. Ela encontrou as rachaduras na carapaça que sou obrigado a usar todos os dias, e isso me petrifica.

Que essa garota sabe exatamente como me estilhaçar.

Ela repousa a mão na minha clavícula.

E, então, agarra meu ombro, enfia os dedos na minha pele como se estivesse tentando arrancar meu braço. A agonia é tão ofuscante que desta vez eu realmente grito. Caio de joelhos diante dela e ela gira meu braço, torcendo-o para trás até que eu fique ofegante pelo esforço de manter a calma, lutando para não me perder na dor.

– Juliette – eu suspiro –, por favor…

Ela passa a mão livre pelo meu cabelo, puxa minha cabeça para trás, então sou forçado a encontrar seus olhos. Em seguida, ela se inclina até o meu ouvido, seus lábios quase tocando o meu rosto.

– Você me ama? – ela sussurra.

– O quê? – eu respiro. – O que você está fazendo…

– Você ainda me ama? – ela pergunta de novo, seus dedos agora traçando o formato do meu rosto, a linha do meu queixo.

– Sim – respondo. – Sim, eu ainda a amo…

Ela sorri.

É um sorriso tão doce e inocente que, na verdade, fico chocado quando ela aperta meu braço com mais força. Ela torce meu ombro para trás até ter certeza de que está sendo deslocado. Minha vista está embaçada quando ela diz:

– Está quase acabando agora.

– O quê? – eu pergunto freneticamente, tentando olhar ao redor. – O que é que está quase acabando…

– Só mais um pouco e eu vou embora.

– Não… Não, não vá… Aonde você está indo…?

– Você vai ficar bem – diz ela. – Prometo.

– Não, não… – respondo, ofegante.

De repente, ela me puxa para a frente, e eu acordo tão abruptamente que não consigo respirar.

UNIFICA-ME

Pisco várias vezes antes de perceber que acordei no meio da noite. O breu absoluto me saúda dos cantos do quarto. Meu peito está pesado; meu braço está preso e latejando, e eu percebo que a ação do analgésico está passando. Há um pequeno controle remoto preso na minha mão; eu pressiono o botão para reabastecer a dosagem.

Leva alguns momentos para minha respiração se estabilizar. Meus pensamentos lentamente saem do estado de pânico.

Juliette.

Não consigo controlar um pesadelo; mas, nos meus momentos de vigília, o nome dela é a única lembrança que me permito ter.

A humilhação que se segue não me permite muito mais que isso.

Sete

— Ora, mas que constrangedor. Meu filho amarrado desse jeito, como um animal.

Estou meio convencido de que é outro pesadelo. Pisco e meus olhos se abrem devagar; fico olhando para o teto. Não faço movimentos repentinos, mas posso sentir o peso das ataduras ao redor do meu pulso esquerdo e em ambos os tornozelos. Meu braço ferido ainda está amarrado e pendurado contra meu peito. Embora a dor no ombro ainda esteja presente, parece bem atenuada. Me sinto mais forte. Até minha mente parece ter mais clareza, mais nitidez, de alguma forma. Então, sinto o gosto de algo azedo e metálico na boca e me pergunto há quanto tempo estou na cama.

— Você realmente achou que eu não descobriria? — ele pergunta, divertindo-se.

Ele se aproxima da minha cama, seus passos retumbando dentro de mim.

— Delalieu está choramingando desculpas por me perturbar, implorando aos meus homens para culpá-lo pelo inconveniente desta visita inesperada. Sem dúvida, você apavora o velho por fazer o trabalho dele, quando, na verdade, eu teria descoberto mesmo sem os alertas. Este – diz ele – não é o tipo de encrenca que você pode esconder. É um idiota por pensar que pode.

Sinto um leve puxão nas minhas pernas e percebo que ele está desfazendo as amarras. O roçar de sua pele contra a minha é abrupto e inesperado, desencadeando algo profundo e sombrio dentro de mim – o suficiente para me deixar fisicamente nauseado. Um gosto de vômito sobe do fundo da minha garganta. É preciso todo o meu autocontrole para não empurrá-lo para longe.

– Sente-se, filho. Você deve estar bem o suficiente para isso agora. Você foi burro demais para repousar quando deveria e agora acabou reagindo de uma vez só. Três dias inconsciente, e eu cheguei há 27 horas. Agora, levante-se. Isso é ridículo.

Ainda estou olhando para o teto. Quase sem respirar.

Ele muda de tática.

– Sabe – diz, com cuidado –, eu ouvi uma história interessante sobre você. – Ele se senta na beira da minha cama; o colchão range sob seu peso. – Gostaria de ouvir?

Minha mão esquerda começa a tremer. Eu a aperto rapidamente contra os lençóis.

– Soldado 45B-76423. Seamus Fletcher. – Ele faz uma pausa. – Esse nome soa familiar?

Fecho os olhos com força.

– Imagine minha surpresa – diz ele – quando soube que meu filho finalmente fez algo certo. Que finalmente tomou a iniciativa e dispensou um soldado traidor que tinha roubado nossos complexos de armazenamento. Ouvi que você atirou nele bem no meio da testa. – Uma risada. – Eu me felicitei; disse a mim mesmo que você finalmente entraria em ação, que finalmente aprendera a liderar corretamente. Fiquei quase orgulhoso. É por isso que foi um choque ainda maior para mim quando ouvi dizer que a família de Fletcher ainda estava viva. – Ele bate palmas. – Chocante, é claro, porque você, mais do que qualquer um, deve saber as regras. Traidores vêm de uma família de traidores, e uma traição significa morte para todos eles.

Ele pousa a mão no meu peito.

Estou construindo paredes na minha mente novamente. Paredes brancas. Blocos de concreto. Salas vazias e espaço aberto. Nada existe dentro de mim. Nada fica.

– É engraçado – ele continua, pensativo agora –, porque eu disse a mim mesmo que esperaria para conversar sobre isso com você. Mas, por algum motivo, agora parece ser o momento certo, não é? – Consigo ouvir seu sorriso. – Para dizer a você como estou tremendamente... Decepcionado. Embora eu não possa dizer que estou surpreso. – Ele suspira. – Em um só mês, você perdeu dois soldados, não conseguiu conter uma garota diagnosticada como louca, mobilizou um setor inteiro e encorajou a rebelião entre os cidadãos. E, mesmo assim, não estou nada surpreso.

Sua mão gira; repousa na minha clavícula.

Paredes brancas, eu imagino.

Blocos de concreto.

Quartos vazios. Espaço aberto.

Nada existe dentro de mim. Nada fica.

– Mas o pior de tudo – diz ele – não foi você ter conseguido me humilhar rompendo a ordem que eu finalmente tinha conseguido estabelecer. Nem mesmo a sua proeza de levar um tiro no meio disso tudo. Mas, sim, que você tenha demonstrado compaixão pela família de um *traidor* – diz ele, rindo, sua voz alegre e animada. – Isso é imperdoável.

Meus olhos estão abertos agora, piscando sob a luz fluorescente acima da minha cabeça, focados no branco das lâmpadas que borram a minha visão. Não vou me mover. Não vou falar.

Sua mão se fecha em volta da minha garganta.

O movimento é tão violento e agressivo que estou quase aliviado. Alguma parte de mim sempre espera que ele conclua sua ação; que talvez desta vez ele realmente me deixe morrer, mas ele nunca deixa. Nunca dura muito.

Tortura não é tortura quando há esperança de alívio.

Ele solta rápido demais e consegue exatamente o que deseja. Me jogo para cima, tossindo e chiando, finalmente emitindo um som de reconhecimento à sua presença no meu quarto. Meu corpo todo está tremendo agora, meus músculos em choque com o ataque repentino depois de permanecer parado por tanto tempo. Minha pele está fria e suarenta; minha respiração está difícil e dolorosa.

— Você tem muita sorte — diz ele, suas palavras suaves. Ele está em pé agora, a não mais que centímetros do meu rosto. — Tem sorte de que estou aqui para consertar as coisas. Tem sorte de eu ter tido tempo de corrigir o erro.

Fico paralisado.

A sala começa a girar.

— Consegui rastrear a mulher dele — prossegue. — A mulher de Fletcher e seus três filhos. Ouvi dizer que eles enviaram seus cumprimentos. — Uma pausa. — Bem, isso foi antes de eu matá-los, então suponho que já não importe mais agora, mas meus homens me disseram que ela mandou um "olá". Parece que ela se lembrou de você — diz ele, rindo suavemente. — A mulher dele. Ela disse que você foi visitá-los antes de tudo isso... E coisas desagradáveis ocorreram. Você sempre visitava os complexos, ela disse. Perguntando pelos civis.

Sussurro as duas únicas palavras que consigo pronunciar.

— Saia daqui.

— Esse é o meu garoto! — ele diz, acenando com a mão na minha direção. — Um tolo manso e patético. Às vezes eu fico tão enojado com você que acho que eu mesmo deveria te dar um tiro. E, então, eu me dou conta de que você provavelmente gostaria disso, não é? Poder me culpar por sua queda? E aí decido que não, que é melhor deixá-lo morrer de sua própria estupidez.

Fico olhando fixamente para a frente, os dedos flexionados contra o colchão.

— Agora me diga, o que aconteceu com seu braço? Delalieu parecia tão perdido com relação a isso quanto os outros.

Não digo nada.

— Envergonhado demais para admitir que foi baleado por um de seus próprios soldados, não é?

Fecho os olhos.

— E quanto à garota? — ele pergunta. — Como ela escapou? Fugiu com um dos seus homens, não foi?

Agarro o lençol com tanta força que meu punho começa a tremer.

— Me diga — pede ele, inclinando-se para o meu ouvido. — Como você lidaria com um traidor assim? Vai visitar a família dele também? Vai ser simpático com a mulher dele?

Não é minha intenção dizer isso em voz alta, mas não consigo me conter a tempo.

— Eu vou matá-lo.

Ele ri alto tão de repente que é quase um uivo. Bate a mão na minha cabeça e bagunça meu cabelo com os mesmos dedos que acabou de fechar em volta da minha garganta.

— Muito melhor — diz ele. — Muito melhor. Agora, levante-se. Temos trabalho a fazer.

UNIFICA-ME

E eu acho que sim, que não me importaria de fazer o tipo de trabalho que removeria Adam Kent deste mundo.

Um traidor como ele não merece viver.

Oito

Estou no banho há tanto tempo que até perco a noção.

Isso nunca aconteceu antes.

Tudo está estranho, desequilibrado. Estou duvidando das minhas decisões, duvidando de tudo em que eu achava que não acreditava e, pela primeira vez na vida, estou genuinamente cansado.

Meu pai está aqui.

Estamos dormindo sob o mesmo teto amaldiçoado; algo que eu esperava nunca mais ter de experimentar, mas ele está aqui, na base, em seus aposentos privados, até que se sinta confiante o suficiente para sair. O que significa que ele vai resolver nossos problemas por meio de grandes estragos no Setor 45. O que significa que eu serei reduzido a seu fantoche e mensageiro, porque meu pai nunca mostra seu rosto a ninguém, exceto para aqueles que está prestes a matar.

Ele é o comandante-supremo do Restabelecimento e prefere governar anonimamente. Viaja para todos os lugares com o mesmo grupo seleto de soldados, comunica-se apenas por meio de seus homens e só sai da capital em circunstâncias raríssimas.

A notícia de sua chegada ao Setor 45 provavelmente já se espalhou por toda a base e deve ter aterrorizado meus soldados.

UNIFICA-ME

Porque sua presença, real ou imaginária, sempre significou uma coisa: tortura.

Já faz tanto tempo que não me sinto um covarde.

Mas isto, isto aqui, é uma felicidade. Esse período prolongado – essa ilusão – de força. Levantar da cama e poder tomar banho: uma pequena vitória. Os médicos envolveram meu braço ferido em plásticos impermeáveis para que eu pudesse tomar banho, e finalmente me sinto bem o suficiente para fazer isso por conta própria. Minha náusea se acalmou; a tontura foi superada. Enfim serei capaz de pensar com clareza; no entanto, minhas escolhas ainda parecem muito confusas.

Forço-me a não pensar nela, mas estou começando a perceber que ainda não estou forte o suficiente para isso; sobretudo porque estou procurando ativamente por ela. Tornou-se uma impossibilidade física.

Hoje, preciso voltar ao quarto dela.

Preciso procurar nas suas coisas alguma pista que possa me ajudar a localizá-la. Os beliches e armários de Kent e Kishimoto já foram limpos; nada incriminador foi encontrado, mas eu ordenei aos meus homens que deixassem o quarto dela – o quarto de *Juliette* – exatamente como estava. Ninguém além de mim tem permissão para investigar o espaço. Não até que eu tenha dado a primeira olhada.

E, esta, segundo o meu pai, é a minha primeira tarefa.

– Ok, Delalieu. Avisarei se precisar de ajuda.

Ele tem me seguido ainda mais do que o normal nos últimos tempos. Aparentemente, veio checar se eu estava bem quando não apareci na assembleia que eu tinha convocado há dois dias. Teve o prazer de me encontrar completamente delirante, meio fora de mim. E conseguiu, de alguma forma, colocar a culpa disso em si mesmo.

Se fosse outra pessoa, eu o teria rebaixado.

– Sim, senhor. Desculpe, senhor. E, por favor, me perdoe... Nunca quis causar problemas.

– Da minha parte, não se preocupe, tenente.

– Sinto muito, senhor – ele sussurra. Seus ombros se curvam. Sua cabeça está inclinada.

Suas desculpas estão me deixando desconfortável.

– Reúna as tropas às treze zero zero horas. Ainda preciso explicar os últimos acontecimentos.

– Sim, senhor – diz ele. Ele acena com a cabeça uma vez, sem olhar para cima.

– Está dispensado.

– Senhor – ele faz a saudação e desaparece.

Fico sozinho em frente à porta dela.

É engraçado como fiquei acostumado a visitá-la aqui; como me dava uma estranha sensação de conforto saber que ela e eu morávamos no mesmo prédio. Sua presença na base mudou tudo para mim; as semanas que ela passou aqui foram as primeiras em que gostei de viver neste quartel. Esperava suas birras. Seus acessos de raiva. Seus argumentos ridículos. Queria que ela gritasse comigo; eu a teria parabenizado se tivesse me dado um tapa na cara. Eu a pressionava constantemente, brincava com suas emoções. Queria conhecer a garota real presa atrás daquele medo. Queria que ela finalmente se libertasse das amarras que tinham sido cuidadosamente construídas para ela.

Porque, embora ela fingisse timidez no confinamento, lá fora – em meio ao caos, à destruição –, eu sabia que ela se tornaria algo totalmente diferente. Só estava esperando. Todos os dias, esperando pacientemente que ela compreendesse a amplitude de seu próprio potencial; sem perceber que a tinha confiado ao único soldado que poderia levá-la embora de mim.

Deveria me dar um tiro.

Em vez disso, abro a porta.

Ela se fecha atrás de mim quando atravesso a soleira. Estou sozinho no último lugar que ela tocou. A cama está desarrumada; as portas do armário, abertas; a janela, quebrada e temporariamente selada com fita adesiva. Sinto uma pontada aguda no estômago que escolho ignorar.

Foco.

Entro no banheiro e examino os produtos de higiene, os armários, até mesmo o interior do chuveiro.

Nada.

Volto para a cama e passo a mão sobre o edredom amarrotado, os travesseiros protuberantes. Me permito um momento para apreciar a evidência de que ela já esteve aqui e, então, desfaço a cama. Lençóis, fronhas, edredom e colcha; tudo jogado no chão. Examino cada centímetro dos travesseiros, o colchão e a estrutura da cama, e, novamente, não encontro nada.

A mesa de cabeceira. Nada.

Debaixo da cama. Nada.

As luminárias, o papel de parede, cada peça de roupa em seu armário. Nada.

É só quando estou indo em direção à porta que sinto algo no pé. Olho para baixo. Ali, preso na sola da minha bota, está um retângulo grosso e desbotado. Um caderninho despretensioso que caberia na palma da minha mão.

E fico tão atordoado que, por um momento, não consigo nem me mover.

Nove

Como eu poderia ter esquecido?

Este caderno estava em seu bolso no dia em que ela fugiu. Eu o encontrei pouco antes de Kent colocar uma arma na minha cabeça e, em algum momento em meio ao caos, devo tê-lo deixado cair. Percebo que deveria estar procurando isso o tempo todo.

Curvo-me para pegá-lo, sacudindo cuidadosamente os pedaços de vidro das páginas. Minha mão está instável; meu coração, batendo forte nos meus ouvidos. Não tenho ideia do que pode conter. Fotos. Anotações. Pensamentos incompletos e confusos.

Pode ser qualquer coisa.

Viro o caderno nas mãos, meus dedos memorizando sua superfície áspera e gasta. A capa é de um tom de marrom fosco, mas não sei dizer se foi manchada pela sujeira e pelo tempo ou se sempre foi dessa cor. Me pergunto por quanto tempo ela o carregou. Onde poderia tê-lo adquirido.

Tropeço para trás, a parte de trás das minhas pernas batendo em sua cama. Meus joelhos se dobram e eu me apoio na beira do colchão. Respiro fundo e fecho os olhos.

Eu vi a filmagem do tempo dela no hospício, mas não foi de muita serventia. A iluminação sempre muito fraca; a pequena janela pouco iluminava os cantos escuros de seu quarto. Na maior parte das vezes, ela não passava de uma silhueta indistinguível; uma sombra escura que nem se notaria. Nossas câmeras só eram boas para detectar movimento – e talvez um momento de sorte quando o sol a atingia no ângulo certo –, mas ela raramente se movia. Passava a maior parte do tempo sentada muito, muito quieta, em sua cama ou em um canto escuro. Quase nunca falava. E, quando falava, não usava palavras. Apenas números.

Contava.

Havia algo de muito irreal nela, sentada ali. Não conseguia nem ver seu rosto; não conseguia discernir o contorno de sua figura. Mesmo assim, ela me fascinava. Que ela pudesse parecer tão calma, tão quieta. Ela ficava sentada no mesmo lugar por horas a fio, imóvel, e eu sempre me perguntei onde estaria sua mente, o que poderia estar pensando, como ela poderia existir naquele mundo solitário. Mais do que qualquer outra coisa, eu queria ouvi-la falar.

Estava desesperado para ouvir sua voz.

Sempre torci para que ela falasse um idioma que eu pudesse entender. Achei que fosse começar com algo simples.

Talvez algo ininteligível. Mas, na primeira vez que a pegamos falando para a câmera, não consegui desviar o olhar. Fiquei sentado ali, paralisado, os nervos à flor da pele, enquanto ela tocava a parede com uma das mãos e contava.

4.572.

Eu a observei contar. Até 4.572.

Demorou cinco horas.

Só depois percebi que estava contando sua respiração. Não consegui parar de pensar nela depois disso. Já estava com ela na cabeça muito antes de sua chegada à base, constantemente me perguntando o que ela poderia estar fazendo e se falaria novamente.

Quando não contava em voz alta, contava em pensamento? Ela alguma vez usava letras? Frases completas? Estava nervosa? Triste? Por que parecia tão serena para uma garota que, conforme me disseram, não passava de um animal agressivo e perturbado? Seria um truque?

Eu tinha visto cada pedaço de papel documentando sua vida. Li todos os detalhes em seus registros médicos e fichas policiais; vasculhei as reclamações da escola, as anotações dos médicos, sua sentença oficial dada pelo Restabelecimento e até mesmo o questionário do hospício respondido por seus pais. Sabia que ela havia sido tirada da escola aos quatorze anos. Sabia que havia passado por testes severos e sido forçada a tomar vários medicamentos experimentais (e perigosos), que tinha sido submetida a uma terapia de eletrochoque. Em dois anos, havia entrado e saído de nove centros de detenção diferentes e sido examinada por mais de cinquenta médicos. Todos eles a descreviam como um monstro. Eles a chamavam de um perigo para a sociedade e uma ameaça para a humanidade. Uma garota que ia arruinar nosso mundo e que já havia começado a fazer isso ao assassinar uma criança pequena. Aos dezesseis anos, seus pais sugeriram que ela fosse internada. E foi o que aconteceu.

Nada daquilo fazia sentido para mim.

Uma menina rejeitada pela sociedade, pela própria família – ela precisava reprimir tantos sentimentos. Raiva. Depressão. Ressentimento. Onde estavam eles?

Ela não era nada parecida com os outros internos do hospício – aqueles que eram realmente perturbados. Alguns passavam horas atirando-se contra a parede, quebrando ossos e fraturando crânios. Outros agarravam a própria pele até arrancar sangue, literalmente se rasgando em pedaços. Alguns tinham conversas inteiras com eles mesmos em voz alta, rindo, cantando e discutindo. A maioria rasgava as roupas, contentes em dormir e ficar nus em sua própria sujeira. Ela era a única que tomava banho regularmente e até lavava as próprias roupas. Fazia suas refeições com calma, sempre terminando tudo o que recebia. E passava a maior parte do tempo olhando pela janela.

Ela estava presa havia quase um ano e não perdera seu senso de humanidade. Eu queria saber como ela conseguia reprimir tanta coisa; como tinha alcançado tal calma exterior. Pedi perfis sobre os outros prisioneiros porque queria comparações. Queria saber se o comportamento dela era normal.

Não era.

Observei o contorno despretensioso daquela garota que eu mal podia enxergar e que também nem conhecia, e senti um respeito inacreditável por ela. Eu a admirei, invejei sua compostura – a firmeza diante de tudo que fora forçada a suportar. Não sei se eu entendia o que exatamente estava sentindo na época, mas sabia que a queria só para mim.

Queria saber seus segredos.

E, então, um dia, ela se levantou em sua cela e foi até a janela. Era de manhã cedo, bem quando o sol estava nascendo; eu tive um vislumbre de seu rosto pela primeira vez. Ela pressionou a palma da mão na janela e sussurrou uma palavra, apenas uma vez.

Perdoe-me.

Voltei a gravação várias vezes.

Nunca poderia contar a ninguém que tinha desenvolvido um fascínio por ela. Tive de fingir indiferença, arrogância. Ela deveria ser nossa arma e nada mais, apenas um instrumento inovador de tortura.

Um detalhe com o qual eu me importava muito pouco.

Minha pesquisa me levou aos seus arquivos por puro acaso. Coincidência. Não a procurei porque queria uma arma; nunca foi o que quis. Muito antes de tê-la visto no vídeo e muito, muito antes de trocar uma palavra com ela, estava pesquisando outra coisa. Para outra coisa.

Por motivos só meus.

Utilizá-la como arma foi uma história que contei ao meu pai; eu precisava de uma desculpa para ter acesso a ela, para obter a autorização necessária para estudar seus arquivos. Uma farsa que fui forçado a manter para os meus soldados e para as centenas de câmeras que monitoram a minha existência. Não a trouxe à base para explorar sua habilidade. E certamente não esperava me apaixonar por ela.

Mas essas verdades e minhas reais motivações irão para o túmulo comigo.

Caio com força na cama. Bato a mão na testa e então esfrego meu rosto. Jamais teria enviado Kent para ficar com ela se tivesse tido tempo para ir eu mesmo. Cada estratégia que adotei foi um erro. Todo esforço calculado foi um fracasso. Só queria vê-la interagir com alguém. Me perguntei se ela agiria de forma diferente; se quebraria as expectativas que eu já tinha formado simplesmente tendo uma conversa normal, mas vê-la falar com outra pessoa me deixou louco. Fiquei com ciúmes. Ridículo. Queria que ela *me* conhecesse; queria que falasse *comigo*. E foi então que eu senti, essa sensação estranha e inexplicável de que ela talvez fosse a única pessoa no mundo com quem eu realmente poderia me importar.

Forço-me a me sentar. Arrisco um olhar para o caderno que ainda estou agarrando.

Eu a perdi.

Ela me odeia.

Ela me odeia e sente repulsa por mim, e, talvez, eu nunca a veja outra vez, e a culpa é toda minha. Este caderno pode ser tudo que me resta dela. Minha mão ainda está pairando sobre a capa, tentando-me a abri-la e a encontrá-la mais uma vez, mesmo que seja apenas por um curto período, mesmo que seja apenas no papel, mas parte de mim está apavorada. Isso pode não acabar bem. Isso pode não ser tudo o que eu quero ver. E, Deus me livre, se isso acabar sendo um diário sobre seus pensamentos e sentimentos sobre Kent, posso simplesmente atirá-lo pela janela.

Bato o punho na testa. Respiro profunda e firmemente.

Enfim, abro o caderno. Meus olhos correm pela primeira página.

E só então começo a entender o peso do que encontrei.

Fico pensando que preciso permanecer calma, que tudo isso é coisa da minha cabeça, que vai dar tudo certo e alguém vai abrir essa porta, alguém vai me tirar daqui. Fico pensando que isso vai acontecer. Fico pensando que alguma coisa desse tipo tem de acontecer, porque coisas assim simplesmente não acontecem. Isso não acontece. As pessoas não são esquecidas assim. Não são abandonadas assim.

Isso simplesmente não acontece.

Meu rosto está sujo de sangue de quando me jogaram no chão, e minhas mãos continuam trêmulas, mesmo enquanto escrevo estas palavras. Essa caneta é minha única válvula de escape, minha única voz, porque não tenho ninguém mais com quem conversar, nenhum pensamento além dos meus para me afogar, e todos os botes salva-vidas estão tomados e todos os coletes salva-vidas destruídos e não sei nadar e não consigo nadar e não posso nadar e está ficando tão difícil. Está ficando tão difícil. É como se houvesse um milhão de gritos presos em meu peito, mas tenho de mantê-los todos aqui porque para que gritar se você nunca vai ser ouvida e ninguém nunca vai me ouvir aqui. Ninguém nunca mais vai me ouvir.

Aprendi a ficar olhando para as coisas.

Para as paredes. Minhas mãos. As rachaduras nas paredes. As linhas em meus dedos. Os tons de cinza do concreto. O formato das minhas unhas. Escolho uma coisa e a analiso pelo que parecem ser horas. Tenho noção do tempo porque conto mentalmente os segundos. Tenho noção dos dias porque os anoto. Hoje é o dia 2. Hoje é o segundo dia. Hoje é 1 dia.

Hoje.

Está muito frio. Está muito frio, muito frio.

Por favor por favor por favor.

Fecho a capa com um estalo.

Estou tremendo de novo, e dessa vez não consigo controlar. Dessa vez a tremedeira está vindo de muito fundo dentro de mim, da percepção profunda do que estou segurando nas minhas mãos. Este diário não é do tempo dela aqui, não tem nada a ver comigo, nem com Kent, nem com ninguém mais. Este diário é um retrato dos dias dela no hospício.

E, de repente, esse caderninho gasto significa mais para mim do que qualquer outro objeto que já tive.

Dez

Nem sei como consigo voltar para os meus aposentos tão rapidamente. Tudo que sei é que tranquei a porta do meu quarto, destranquei a porta do escritório e me tranquei aqui dentro, e agora estou sentado à minha mesa, pilhas de papéis e material confidencial empurradas para liberar espaço, olhando para a capa esfarrapada de algo que estou quase morrendo de medo de ler. Existe algo de tão pessoal neste diário; parece que foi costurado pelos sentimentos mais solitários, pelos momentos mais vulneráveis da vida de uma pessoa. Ela escreveu tudo o que está nessas páginas nas horas mais sombrias de seus dezessete anos, e estou prestes a conseguir exatamente o que sempre quis.

Entrar em sua mente.

E, embora a expectativa esteja me matando, também estou perfeitamente ciente de como isso pode ser um tiro no pé. De repente, não tenho mais certeza se quero saber. E, ainda assim, quero. Definitivamente quero.

Então, abro o caderno e passo para a próxima página. Dia três.

Hoje comecei a gritar.

E essas quatro palavras me atingem com mais força do que o pior tipo de dor física.

Meu peito está subindo e descendo, minha respiração, se intensificando. Tenho que me forçar a continuar lendo.

Logo percebo que não há ordem nas páginas. Ela parece ter recomeçado do início depois que chegou ao fim do caderno e percebeu que estava sem espaço. Há rabiscos nas margens, em cima de outros parágrafos, em fontes pequenas e quase ilegíveis. Há números rabiscados em tudo, às vezes o mesmo número se repetindo indefinidamente. Às vezes, a mesma palavra foi escrita e reescrita, circulada e riscada. E quase todas as páginas têm frases e parágrafos riscados praticamente por inteiro.

É um verdadeiro caos.

Meu coração se aperta com essa percepção, como se fosse a prova do que ela deve ter sentido. Eu imaginava que ela tinha sofrido durante todo esse tempo, trancada na escuridão em condições tão precárias; mas, vendo por mim mesmo, preferiria estar errado.

E, agora, mesmo enquanto tento ler na ordem cronológica, acho que não consigo acompanhar o método que ela usa para numerar tudo; o sistema que criou nessas páginas é algo que só ela seria capaz de decifrar. Só posso folhear o caderno e procurar as partes que estão escritas de forma mais coerente.

Meus olhos congelam em uma passagem específica.

Isso de não conhecer a paz é muito estranho. Isso de saber que, não importa aonde você vá, não existe nenhum santuário à espera. Que a ameaça da dor se encontra sempre a um sussurro de distância. Não estou segura trancafiada em meio a essas quatro paredes. Nunca estive segura ao sair de casa e tampouco senti qualquer segurança nos 14 anos que vivi em casa. O hospício mata as pessoas dia após dia, o mundo já aprendeu a ter medo de mim e minha casa é o mesmo lugar onde meu pai me trancava no quarto toda noite e minha mãe gritava comigo porque eu era a abominação que ela fora forçada a criar.

Dizia que era meu rosto.

Havia algo no meu rosto, alegava, que ela não suportava. Algo em meus olhos, no jeito como eu a olhava, no fato de eu simplesmente existir. Sempre me dizia para parar de olhar pra ela. Sempre gritava isso. Como se eu pudesse atacá-la. Pare de olhar para mim, gritava. Pare já de olhar para mim, gritava.

Certa vez, colocou minha mão no fogo.

Só para ver se queimava, explicou. Só para ter certeza de que era uma mão normal, insistiu.

Eu tinha 6 anos quando isso aconteceu.

Lembro porque foi no dia do meu aniversário.

Atiro o caderno no chão.

Em um segundo, eu me ajeito na cadeira, tentando apaziguar meu coração. Passo a mão pelo cabelo, meus dedos agarram as raízes. Aquelas palavras me soam próximas demais, familiares demais. A história de uma criança sofrendo abusos nas mãos dos pais. Internada e descartada. É tudo muito reconhecível pela minha mente.

Nunca li nada assim antes. Nunca li qualquer coisa que pudesse falar diretamente aos meus ossos. E eu sei que não deveria. Sei, de alguma forma, que não vai ajudar, que não vai me ensinar nada, que não vai me dar pistas sobre onde ela pode estar. Já sei que ler só vai me deixar louco.

Mas não consigo parar de voltar ao diário dela.

Eu o abro novamente.

Já estou louca?
Será que já aconteceu?
Como vou saber?

Meu intercomunicador chia tão de repente que eu tropeço na cadeira e tenho que me segurar na parede atrás da mesa. Minhas mãos não param de tremer; minha testa está coberta de suor. Meu braço enfaixado começou a latejar e minhas pernas estão repentinamente fracas demais para ficar em pé. Tenho que concentrar toda a minha energia para parecer normal quando aceito a mensagem que chega.

– O que foi? – pergunto.

– Senhor, eu só queria saber... se o senhor ainda... Bem, a assembleia, senhor, a menos, é claro, que eu tenha me enganado com relação ao horário, sinto muito, não deveria ter incomodado...

– Ah, pelo amor de Deus, Delalieu. – Tento disfarçar o tremor da minha voz. – Pare de se desculpar. Estou a caminho.

– Sim, senhor – diz ele. – Obrigado, senhor.

Desligo.

E, então, pego o caderno, coloco-o no bolso e saio pela porta.

Onze

Estou parado na beira do pátio acima do Quadrante, olhando para os milhares de rostos que me encaram. Estes são meus soldados. Uniformizados e enfileirados. Camisas pretas, calças pretas, botas pretas.

Sem armas.

Punhos esquerdos pressionados contra o coração. Faço um esforço para me concentrar na tarefa em mãos e me preocupar com ela, mas, por algum motivo, não consigo deixar de sentir o caderno enfiado no meu bolso, seu formato pressionando a minha perna, torturando-me com seus segredos.

Não sou eu mesmo.

Meus pensamentos estão emaranhados em palavras que não são minhas. Tenho que respirar fundo para clarear minha cabeça; aperto e abro meu punho.

– Setor 45 – digo, falando diretamente para o pátio pelo microfone.

Eles se mexem no mesmo instante, deixando cair a mão esquerda e colocando os punhos direitos no peito.

– Temos uma série de assuntos importantes para tratar hoje – digo a eles. – O primeiro deles está bem visível.

Aponto para o meu braço. Analiso seus rostos cuidadosamente treinados para não exprimir nenhuma emoção.

Seus pensamentos traiçoeiros são tão óbvios.

Eles me veem como pouco mais do que uma criança perturbada. Não me respeitam; não são leais a mim. Ficam decepcionados com a minha presença diante deles; zangados; até enojados por eu não ter morrido da ferida.

Mas eles têm medo de mim.

E só preciso disso.

– Fui ferido – digo – enquanto perseguia dois de nossos soldados desertores. O soldado Adam Kent e o soldado Kenji Kishimoto colaboraram nessa fuga para o sequestro de Juliette Ferrars, nossa mais nova transferência e posse importante para o Setor 45. Eles foram acusados do crime de apreensão e detenção ilegal da Sra. Ferrars contra sua vontade. O mais importante, porém, é que foram devidamente condenados por traição contra o Restabelecimento. Quando encontrados, serão executados publicamente.

Terror, eu percebo, é um dos sentimentos mais fáceis de ler. Mesmo no rosto estoico de um soldado.

– Em segundo lugar – prossigo, agora mais lentamente –, em um esforço para acelerar o processo de estabilização do Setor 45, seus cidadãos e o caos resultante desses recentes transtornos, o comandante-supremo do Restabelecimento se juntou a nós na base. Ele chegou há menos de 36 horas – eu declaro.

Alguns homens baixaram os punhos. Esqueceram-se da compostura.

Seus olhos estão arregalados.

Petrificados.

– Vocês vão saudá-lo – ordeno.

Eles caem de joelhos.

É estranho exercer esse tipo de poder. Eu me pergunto se meu pai tem orgulho do que criou. Do poder de colocar milhares de homens adultos de joelhos com apenas algumas palavras; com apenas o som de seu título. É algo horroroso. E viciante.

Conto até cinco na minha cabeça.

– Levantem-se.

Eles obedecem. E marcham.

Cinco passos para trás, depois para a frente, voltando ao lugar. Eles levantam o braço esquerdo, fecham os dedos em punhos e caem sobre um joelho. Desta vez, eu não os deixo se levantar.

– Preparem-se, cavalheiros – digo a eles. – Não vamos descansar até que Kent e Kishimoto sejam encontrados e a Sra. Ferrars tenha retornado à base. Vou tratar do assunto com o comandante-supremo nas próximas 24 horas; em breve, nossa nova missão estará claramente definida. Nesse ínterim, vocês devem entender duas coisas: primeira, que vamos acalmar a tensão entre os cidadãos e nos esforçar para lembrá-los das promessas feitas para o nosso novo mundo. E, segunda, certifiquem-se de que encontraremos os soldados Kent e Kishimoto. – Nesse momento, eu paro. Olho ao redor, encarando seus rostos. – Que o destino deles sirva de exemplo para vocês. Não aceitamos traidores no Restabelecimento. E não os perdoamos.

Doze

Um dos homens de meu pai está esperando por mim do lado de fora da porta.

Olho em sua direção, mas não por tempo suficiente para discernir suas feições.

– Diga a que veio, soldado.

– Senhor – diz ele –, fui instruído a informá-lo de que o comandante-supremo solicita sua presença nos aposentos dele para jantar às vinte horas.

– Considere a mensagem recebida.

Tento destrancar a minha porta, mas ele dá um passo à frente, bloqueando meu caminho.

Viro-me para encará-lo.

O homem está parado a menos de trinta centímetros de mim: um ato implícito de desrespeito; um nível de confiança a que nem mesmo Delalieu se permite; mas, ao contrário dos meus homens, os bajuladores que cercam meu pai se acham sortudos. Ser membro da guarda de elite do comandante-supremo é considerado um privilégio e uma honra. Esses soldados obedecem somente a ele.

E, agora, este soldado está tentando provar que é superior a mim.

Ele tem inveja de mim. Pensa que não sou digno de ser filho do comandante-supremo do Restabelecimento. Está praticamente escrito em seu rosto.

Tenho que reprimir meu impulso de rir quando vejo seus frios olhos cinzentos e o buraco negro que é sua alma. Ele usa as mangas arregaçadas acima dos cotovelos, com as tatuagens militares claramente definidas e em exibição. As faixas pretas concêntricas ao redor de seus antebraços são acentuadas por faixas em vermelho, verde e azul, o único sinal em sua pessoa que indica que ele é um soldado de patente elevada. É um ritual doentio de marcação do qual sempre me recusei a fazer parte.

O soldado ainda está me encarando.

Inclino a cabeça em sua direção, arqueio as sobrancelhas.

– Sou obrigado – diz ele – a esperar pelo aceite verbal do convite.

Reflito por um momento, ponderando minhas escolhas, que são inexistentes.

Eu, como o resto dos fantoches deste mundo, sou inteiramente subserviente à vontade do meu pai. É uma verdade contra a qual sou forçado a lutar todos os dias: nunca fui capaz de enfrentar o homem que está com o punho cerrado em volta da minha espinha.

E me odeio por isso.

Sustento o olhar do soldado novamente e me pergunto, por um momento fugaz, se ele tem um nome, antes de perceber que não me importo nem um pouco com isso.

– Considere aceito.

– Sim, s...

– E da próxima vez, soldado, você não vai pisar a menos de um metro e meio de mim sem primeiro pedir permissão.

Ele pisca, atordoado.

– Senhor, eu...

– Você está confundindo – interrompo. – Acha que seu trabalho com o comandante-supremo lhe concede imunidade às regras que governam a vida de outros soldados. Aqui, você está enganado.

Sua mandíbula fica tensa.

– Nunca se esqueça de que – digo, baixinho agora –, se eu quisesse seu trabalho, poderia tê-lo. E nunca se esqueça de que o homem a quem você serve com tanto entusiasmo é o mesmo que me ensinou a disparar uma arma quando eu tinha nove anos.

Suas narinas dilatam-se. Ele olha para a frente.

– Leve sua mensagem, soldado. E memorize a seguinte: nunca mais se dirija a mim.

Seus olhos estão focados em um ponto diretamente atrás de mim agora, seus ombros rígidos. Espero.

Sua mandíbula ainda está contraída. Ele levanta a mão devagar em saudação.

– Você está dispensado – declaro.

Entro e tranco a porta do quarto atrás de mim; encosto-me nela. Preciso de um momento. Pego o frasco que deixei na mesa de cabeceira e balanço dois comprimidos quadrados; eu os jogo na boca, fechando os olhos enquanto eles se dissolvem. A escuridão por trás das minhas pálpebras é um alívio bem-vindo.

Até que a memória de seu rosto invada minha consciência.

Sento-me na cama e apoio a cabeça nas mãos. Não deveria estar pensando nela agora. Tenho horas de papelada para resolver e o estresse adicional da presença do meu pai, com o qual tenho que lidar. Jantar com ele vai ser um espetáculo. Um espetáculo digno de esmagar qualquer alma.

Aperto os olhos com mais força e tento, em vão, construir as paredes que certamente limpariam minha mente; mas, desta vez, não surtem efeito. Seu rosto continua aparecendo, seu diário pulsando no meu bolso. E começo a perceber que uma pequena parte de mim não quer afastar os pensamentos sobre ela. Uma parte de mim gosta dessa tortura.

Essa garota está me destruindo.

Uma garota que passou o último ano em um hospício. Uma garota que tentaria me matar por beijá-la. Uma garota que fugiu com outro homem só para se afastar de mim.

Claro que é por essa garota que eu me apaixonaria.

Cubro a boca com a mão.

Estou perdendo a cabeça.

Tiro as botas. Ajeito-me na cama e permito que minha cabeça recoste nos travesseiros.

Ela dormiu aqui, eu penso. Ela dormiu na minha cama. Ela acordou na minha cama. Ela estava aqui e a deixei escapar.

Eu falhei.

Eu a perdi.

Nem percebo que tirei seu caderno do bolso até que estou segurando-o na frente do meu rosto. Olhando para ele. Estudando a capa desbotada na tentativa de entender onde ela pode ter conseguido um caderno assim. Ela deve ter roubado de algum lugar, embora eu não consiga imaginar de onde.

Há tantas coisas que gostaria de perguntar a ela. Tantas coisas que eu gostaria de lhe dizer.

Em vez disso, abro seu diário e leio.

Às vezes fecho os olhos e pinto essas paredes de outra cor.

Imagino que estou usando meias quentinhas em frente a uma lareira. Imagino que alguém me dá um livro para ler, uma história que me transporte para outro lugar, com outras coisas para preencher a minha mente. Quero sair correndo, sentir o vento esvoaçando os meus cabelos. Quero fingir que isto não passa de uma história dentro de outra história. Que esta cela não passa de uma cena, que estas mãos não pertencem a mim, que esta janela leva a um lugar lindo, bastaria quebrá-la. Finjo que este travesseiro é limpo, finjo que esta cama é macia. Finjo e finjo e finjo até que o mundo se torna tão maravilhoso por trás das minhas pálpebras que eu mal posso me conter. Mas aí meus olhos se abrem e sou agarrada pelo pescoço por um par de mãos que não param de me sufocar sufocar sufocar

Meus pensamentos, eu acho, logo ficarão sãos.

Minha mente, eu espero, logo será encontrada.

O diário cai da minha mão sobre o peito. Corro a única mão livre no meu rosto, pelo cabelo. Esfrego a nuca e me levanto tão rápido que minha cabeça bate na cabeceira da cama, e fico grato por isso. Tiro um momento para apreciar a dor.

E, então, pego o caderno novamente.

E viro a página.

Tenho curiosidade de saber o que estão pensando. Meus pais. Tenho curiosidade de saber onde estão. Tenho curiosidade de saber se estão bem agora, se estão felizes agora, se enfim conseguiram o que queriam. Tenho curiosidade de saber se minha mãe terá outro filho. De saber se alguém será bondoso o bastante para me matar e de saber se o inferno é melhor do que este lugar. Tenho curiosidade de saber como meu rosto está agora. Tenho curiosidade de saber se voltarei a respirar ar puro.

Tenho curiosidade de saber tantas coisas.

Às vezes, passo dias acordada, apenas contando tudo o que consigo encontrar. Conto as paredes, as rachaduras nas paredes, meus dedos das mãos, meus dedos dos pés. Conto as molas da cama, os fios do cobertor, os passos necessários para cruzar este espaço e voltar para onde eu estava antes. Conto meus dentes e os fios de cabelo e quantos segundos consigo segurar a respiração.

Às vezes, fico tão cansada que esqueço que não posso desejar mais nada, e então me pego desejando aquilo que sempre quis. Aquilo com que sempre sonhei.

O tempo todo desejo ter um amigo.

Sonho com isso. Imagino como seria. Sorrir e receber um sorriso. Ter uma pessoa em quem confiar, alguém que não jogue coisas em mim ou coloque minha mão no fogo ou me espanque por ter nascido. Alguém que ouça que fui jogada no lixo e tente me encontrar, que não tenha medo de mim.

Alguém que entenderia que eu jamais tentaria feri-lo.

Estou curvada em um canto deste quarto e enterro a cabeça nos joelhos e embalo meu corpo para a frente e para trás para a frente e para trás para a frente e para trás e desejo e desejo e desejo e sonho com coisas impossíveis e choro até dormir.

Tenho curiosidade de saber como seria ter um amigo.

E então, me pergunto quem mais está preso neste hospício. E fico me perguntando de onde vêm os outros gritos.

E fico me perguntando se estão vindo de mim.

Estou tentando me concentrar, dizendo a mim mesmo que são apenas palavras vazias, mas estou mentindo. Porque, de alguma forma, apenas lê-las já é demais para mim; e pensar nela sofrendo está me causando uma agonia insuportável.

Saber que ela passou por tudo isso.

Que foi jogada nessa situação pelos próprios pais, rejeitada e abusada durante a vida inteira. Empatia não é uma emoção que eu já tenha experimentado, mas agora está me afogando, me puxando para um mundo no qual eu nunca soube que poderia entrar. E, embora eu sempre tenha imaginado que ela e eu tínhamos muitas coisas em comum, não fazia ideia de como eu poderia sentir isso tão profundamente.

Está me matando.

Levanto-me. Começo a andar pelo quarto até finalmente criar coragem para continuar a leitura. Então, respiro fundo.

E viro a página.

Há algo fervendo dentro de mim.

Algo em que jamais ousei tocar, algo que sinto medo de reconhecer. Parte de mim se arrasta para se libertar da jaula na qual a prendi, bate às portas do meu coração enquanto implora para sair.

Implora para se desprender.

Todo dia sinto que estou revivendo o mesmo pesadelo. Abro a boca para gritar, para lutar, para sacudir os punhos, mas minhas cordas vocais foram cortadas, meus braços parecem pesados, presos em cimento úmido, e estou gritando, mas ninguém me ouve, ninguém me alcança, e me sinto presa. E essa situação está me matando.

Sempre tive de me colocar no papel de submissa, subserviente, retorcida como um esfregão suplicante e passivo só para deixar todos os outros se sentirem seguros e à vontade. Minha existência se transformou em uma luta para provar que sou inofensiva, que não sou uma ameaça, que sou capaz de viver em meio a outros seres humanos sem feri-los.

E estou tão cansada estou tão cansada estou tão cansada e às vezes fico tão furiosa

Não sei o que está acontecendo comigo.

— Meu Deus, Juliette — ofego.

E caio de joelhos.

— Chame o transporte imediatamente. — Eu preciso sair. Preciso sair daqui agora.

— Senhor? Quero dizer, sim, senhor, claro… Mas aonde…

— Preciso ir aos complexos — eu digo. — Preciso fazer uma ronda antes do jantar.

Meu argumento é verdadeiro e falso ao mesmo tempo, mas estou disposto a fazer qualquer coisa neste momento para tirar minha cabeça do diário.

— Ah, certamente, senhor. Quer que eu o acompanhe?

— Não será necessário, tenente, mas obrigado pela oferta.

— E-eu… Senhor — ele gagueja. — Claro, o p-prazer é meu em ajudá-lo, senhor…

Jesus, eu me desliguei dos meus próprios sentidos. Nunca agradeço Delalieu por nada. Acho que provoquei um ataque cardíaco no homem.

— Estarei pronto para sair em dez minutos — interrompo.

Ele hesita um pouco.

— Sim, senhor. Obrigado, senhor.

Estou pressionando o punho contra a boca quando desconecto.

Treze

Nós tivemos casas. Um dia.
De todo tipo.
Casas de 1 andar. De 2 andares. De 3 andares.
Comprávamos enfeites de jardim e luzinhas coloridas, aprendíamos a andar de bicicleta sem rodinha. Comprávamos vidas confinadas em 1, 2, 3 andares já construídos, andares trancafiados dentro de estruturas que não podíamos alterar.
Vivíamos nesses andares por um tempo.
Seguíamos o roteiro apresentado para nós, a prosa fixada em cada metro quadrado do espaço adquirido. Ficávamos contentes com as suaves reviravoltas na trama, que redirecionavam de leve nossas vidas. Assinávamos no pé da página para obter coisas que nem sabíamos que queríamos. Comíamos o que não devíamos comer, gastávamos o dinheiro que não tínhamos, perdíamos de vista a Terra que tínhamos que habitar e desperdiçávamos desperdiçávamos desperdiçávamos tudo. Comida. Água. Recursos.
Logo a poluição química acinzentou o céu, e as plantas e os animais adoeceram com a mutação genética, e enfermidades enraizaram-se no nosso ar, nas nossas refeições, no nosso sangue, nos nossos ossos. A comida desapareceu. Pessoas morreram. Nosso império se despedaçou.

O Restabelecimento prometeu nos ajudar. Nos salvar. Reconstruir nossa sociedade.

Em vez disso, eles nos arruinaram.

Gosto de vir aos complexos habitacionais.

É um lugar estranho para se refugiar, mas ver tantos civis em um espaço tão vasto e aberto me faz lembrar o que devo fazer. Fico tão frequentemente confinado dentro das paredes da sede do Setor 45 que esqueço os rostos daqueles contra os quais estamos lutando e daqueles por quem lutamos.

Gosto de me lembrar.

Quase todos os dias visito os complexos; saúdo os moradores e pergunto sobre suas condições de vida. Não posso deixar de ficar curioso sobre como deve ser a vida para eles agora. Porque, enquanto o mundo mudou para todos os outros, ele sempre permaneceu o mesmo para mim. Regimentado. Isolado. Desolado. Houve um tempo em que as coisas eram melhores, quando meu pai nem sempre estava tão zangado. Eu tinha cerca de quatro anos na época. Ele costumava me deixar sentar em seu colo e vasculhar seus bolsos. Poderia ficar com tudo que eu quisesse, desde que meu argumento fosse convincente o bastante. Era sua ideia de jogo, mas isso tudo foi antes.

Fecho meu casaco com mais força em volta do corpo, sinto o tecido pressionado contra minhas costas. E recuo um pouco sem querer. A vida que conheço agora é a única que importa. O sufocamento, o luxo, as noites sem dormir e os cadáveres. Sempre fui ensinado a me concentrar no poder e na dor, sentindo e infligindo.

Não sofro por nada.

Aguento tudo.

É a única maneira que conheço de viver neste corpo maltratado. Esvazio a mente daquilo que me atormenta e sobrecarrega minha alma, e tiro o máximo proveito das pequenas coisas agradáveis que aparecem no meu caminho. Não sei o que é viver uma vida normal; não sei como me colocar no lugar dos civis que perderam suas casas. Não sei como deve ter sido para eles antes de o Restabelecimento assumir o controle.

Então, eu gosto de passear pelos complexos.

Gosto de ver como as outras pessoas vivem; gosto do fato de a lei exigir que respondam às minhas perguntas. Se não fosse por isso, eu não teria como saber.

Mas este não é o momento certo.

Prestei pouca atenção ao relógio antes de deixar a base e não percebi que em breve o sol estaria se pondo. A maioria dos civis está voltando para casa a fim de se recolher pela noite, os corpos curvados, encolhidos contra o frio enquanto se arrastam em direção aos aglomerados de metal que compartilham com pelo menos outras três famílias. Essas casas improvisadas são construídas com contêineres de doze metros; ficam empilhadas lado a lado, uma sobre a outra, divididas em grupos de quatro e seis. Cada contêiner recebeu isolamento térmico, foi equipado com duas janelas e uma porta. As escadas para os níveis superiores foram anexadas de ambos os lados. Os telhados são revestidos com painéis solares que fornecem eletricidade gratuita para cada grupo.

É algo de que me orgulho.

Porque a ideia foi minha.

Quando buscávamos abrigo temporário para os civis, sugeri reformar os antigos contêineres que estavam largados nas docas de todos os portos do mundo. Não são apenas baratos, facilmente replicáveis e altamente personalizáveis, mas também são empilháveis, portáteis e construídos para resistir às intempéries. Exigiriam um mínimo de construção e, com a equipe certa, milhares de unidades habitacionais ficariam prontas em questão de dias.

Apresentei a ideia ao meu pai, pensando que poderia ser a opção mais eficaz; uma solução temporária muito menos cruel do que barracas; algo que forneceria um abrigo verdadeiro e confiável, e o resultado foi tão eficaz que o Restabelecimento não viu necessidade de fazer nada além disso. Aqui, em um terreno que costumava ser um aterro, empilhamos milhares de contêineres; aglomerados de cubos retangulares desbotados que são fáceis de monitorar e controlar.

As pessoas ainda são informadas de que essas casas são temporárias. Que um dia voltarão às memórias de suas antigas vidas, e que tudo será belo e promissor novamente. Mas não passa de uma grande mentira.

O Restabelecimento não tem planos de tirá-las dali.

Os civis ficam enjaulados em terrenos vigiados; os contêineres se tornaram suas prisões. Tudo foi numerado. As pessoas, suas casas, seu nível de importância para o Restabelecimento.

Aqui, os cidadãos se tornaram parte de um grande experimento. Um mundo onde trabalham para apoiar as necessidades de um regime que lhes faz promessas que nunca vai cumprir.

Esta é a minha vida.

Este triste mundo.

Quase todos os dias, eu me sinto tão enjaulado quanto esses civis; e deve ser por isso que sempre venho aqui. É como correr de uma prisão para outra; uma existência onde não há alívio nem refúgio. Onde até minha própria mente é traidora.

Eu deveria ser mais forte que isso.

Venho treinando há pouco mais de uma década. Todos os dias, tenho trabalhado para aprimorar minhas forças físicas e mentais. Tenho um metro e setenta e cinco de altura, setenta e sete quilos de músculos. Fui construído para sobreviver, para maximizar a resistência e a estamina, e fico mais confortável quando estou segurando uma arma. Posso limpar, recarregar, desmontar e remontar mais de cento e cinquenta tipos diferentes de armas de fogo. Posso atirar em cheio em um alvo a quase qualquer distância. Posso quebrar a traqueia de uma pessoa apenas com a ponta dos dedos. Posso paralisar temporariamente um homem com nada além dos nós dos dedos.

No campo de batalha, sou capaz de me desconectar dos movimentos que aprendi a memorizar. Ganhei a reputação de ser um monstro frio e insensível que não teme nada e se preocupa ainda menos.

Mas tudo isso não passa de enganação.

Porque a verdade é que eu não passo de um covarde.

Quatorze

O sol está se pondo.

Logo não terei outra escolha além de retornar à base, onde terei que ficar sentado escutando meu pai falar em vez de dar um tiro na boca dele.

Então eu enrolo para ganhar tempo.

Observo de longe as crianças correndo enquanto seus pais as conduzem para casa. Me pergunto com que idade elas descobrirão que os cartões de Registro do Restabelecimento que carregam estão, na verdade, rastreando todos os seus movimentos. Que o dinheiro que seus pais ganham trabalhando nas fábricas para as quais foram selecionados é monitorado de perto. Essas crianças vão crescer e finalmente entender que tudo o que fazem é gravado, cada conversa dissecada em busca de sussurros de rebelião. Eles não sabem que perfis são criados para cada cidadão e que cada perfil é repleto de documentação sobre suas amizades, seus relacionamentos e hábitos de trabalho; até mesmo sobre as maneiras como optam passar seu tempo livre.

Sabemos tudo sobre todos.

Coisas demais.

Tanto, na verdade, que raramente me lembro de que estamos lidando com pessoas reais e vivas até vê-las nos complexos. Memorizei os nomes de quase todas as pessoas do Setor 45. Gosto de saber quem mora na minha jurisdição, tanto soldados quanto civis. Foi assim que eu soube, por exemplo, que o soldado Seamus Fletcher, 45B-76423, batia na esposa e nos filhos todas as noites.

Sabia que ele estava gastando todo o seu dinheiro com álcool; sabia que ele estava deixando a família passar fome. Monitorei os dólares REST que ele gastou em nossos centros de abastecimento e observei cuidadosamente sua família nos complexos. Sabia que seus três filhos tinham menos de dez anos e não comiam havia semanas; sabia que eles tinham ido repetidamente ao médico dos complexos com ossos quebrados e para levar pontos. Sabia que ele tinha dado um soco na boca de sua filha de nove anos, partindo seu lábio, fraturando sua mandíbula e quebrando seus dois dentes da frente; e sabia que a esposa estava grávida. Também sabia que ele tinha batido nela com tanta força uma noite que, na manhã seguinte, ela perdeu o filho.

Sabia, porque eu estava lá.

Passava de casa em casa visitando os civis, fazendo perguntas sobre sua saúde e suas condições de vida em geral. Queria saber sobre suas condições de trabalho e se algum membro da família estava doente e precisava ser colocado em quarentena.

Ela estava lá naquele dia. A esposa de Fletcher. Seu nariz estava tão quebrado que ela mal conseguia abrir os olhos de tão inchados que estavam. Seu corpo era tão fino e frágil; sua cor, tão pálida que eu pensei que ela iria se partir ao meio apenas por se sentar; mas, quando perguntei sobre seus ferimentos, ela não me olhou nos olhos. Disse que tinha caído e que, por causa da queda, tinha perdido o filho e quebrado o nariz.

UNIFICA-ME

Assenti. Agradeci a sua cooperação em responder às minhas perguntas.

E, então, convoquei uma assembleia.

Estou bem ciente de que a maioria dos meus soldados rouba dos nossos complexos de armazenamento. Supervisiono nosso estoque de perto e sei que faltam suprimentos o tempo todo, mas permito essas infrações porque elas não perturbam o sistema. Alguns pães ou barras de sabão a mais mantêm meus soldados bem-humorados; eles trabalham mais arduamente se estiverem saudáveis, e a maioria sustenta cônjuges, filhos e parentes. Então faço uma concessão.

Mas há algumas coisas que não perdoo.

Não me considero um homem moralista. Não filosofo sobre a vida nem me preocupo com as leis e os princípios que governam a maioria das pessoas. Não presumo saber a diferença entre certo e errado, mas vivo de acordo com determinado tipo de código. E, às vezes, eu acho, temos que aprender a atirar primeiro.

Seamus Fletcher estava assassinando a própria família. E eu atirei na testa dele porque pensei que seria mais gentil do que despedaçá-lo com as mãos.

Mas meu pai continuou o trabalho de Fletcher após sua morte. Ele mandou matar a tiros a esposa dele e seus três filhos, tudo por causa do canalha bêbado de quem dependiam para sustentá-los. Fletcher foi o pai, o marido e a razão pela qual todos eles morreram de forma brutal e prematura.

Às vezes, eu me pergunto por que insisto em ficar vivo.

Quinze

Assim que retorno à base, desço direto.

Ignoro os soldados e suas saudações enquanto passo, prestando pouca atenção à mistura de curiosidade e suspeita em seus olhos. Nem percebi que estava indo naquela direção até chegar na sede; mas agora meu corpo parece saber mais sobre o que preciso do que minha mente. Meus passos são pesados; o som constante e cortante das minhas botas ecoa ao longo do caminho de pedra quando chego aos andares subterrâneos.

Faz quase duas semanas que não venho aqui.

O cômodo foi reconstruído desde a minha última vinda; o painel de vidro e a parede de concreto foram substituídos. E, pelo que sei, ela foi a última pessoa a usar esta sala.

Eu mesmo a trouxe aqui.

Empurro um conjunto de portas duplas de vaivém até chegar ao vestiário, que fica ao lado do deque de simulação. Minha mão procura um interruptor no escuro; a luz emite um bipe antes de piscar e acender. Um zumbido surdo de eletricidade vibra pelas vastas dimensões da sala. Tudo está quieto, abandonado.

Do jeito que eu gosto.

UNIFICA-ME

Tiro as roupas tão rapidamente quanto o braço machucado permite. Ainda tenho duas horas antes de encontrar meu pai para jantar, então não deveria estar me sentindo tão ansioso, mas meus nervos não estão cooperando. Pareço estar sentindo tudo ao mesmo tempo. Minhas falhas. Minha covardia. Minha estupidez.

Às vezes, fico muito cansado desta vida.

Estou descalço neste chão de concreto, vestindo nada além da tipoia no braço, odiando o quanto essa lesão constantemente me deixa mais lento. Pego os shorts guardados no meu armário e os visto o mais rápido que posso, apoiando-me na parede para me equilibrar.

Quando finalmente estou de pé, bato a porta do armário e sigo até a sala ao lado.

Aperto outro botão, e o deque operacional ganha vida. Os computadores apitam e piscam conforme o programa é recalibrado; corro os dedos ao longo do teclado. Usamos essas salas para gerar simulações. Manipulamos a tecnologia para criar ambientes e experiências que só existem na mente humana. Não só podemos criar a estrutura, mas também podemos controlar os mínimos detalhes. Sons, cheiros, falsa confiança, paranoia. O programa foi originalmente projetado para ajudar a treinar soldados para missões específicas, bem como ajudá-los a superar medos que poderiam incapacitá-los no campo de batalha.

Eu o uso para meus próprios fins.

Costumava vir aqui o tempo todo antes de ela chegar à base. Este era meu espaço seguro; minha única fuga do mundo. Só queria que não viesse com um uniforme. Esses shorts são engomados e desconfortáveis, o poliéster coça e irrita, são forrados com uma substância química especial que reage com a minha pele e fornece informações aos sensores; isso ajuda a me colocar na experiência e permitirá que eu corra quilômetros sem nunca bater nas paredes físicas do ambiente verdadeiro. E, para que o processo seja tão eficaz quanto possível, tenho de estar vestindo quase nada. As câmeras são hipersensíveis ao calor do corpo e funcionam melhor quando não estão em contato com materiais sintéticos. Espero que esse detalhe seja corrigido na próxima geração do programa.

O computador me pede informações; eu rapidamente insiro um código de acesso que me concede autorização para puxar o histórico das minhas simulações anteriores. Levanto os olhos e vejo por cima do ombro enquanto o computador processa os dados; olho através do espelho bidirecional recém-consertado, que dá para a câmara principal. Ainda não consigo acreditar que ela quebrou uma parede inteira de vidro e concreto, e conseguiu sair ilesa.

Incrível.

A máquina emite dois bipes; eu giro de volta. Os programas do meu histórico estão carregados e prontos para serem executados.

O arquivo dela está no topo da lista.

Respiro fundo; tento ignorar a lembrança. Não me arrependo de tê-la feito passar por uma experiência tão horrível; não sei se ela teria se permitido finalmente perder o controle – enfim habitar o próprio corpo – se eu não tivesse encontrado um método eficaz de provocá-la. No final das contas, eu realmente acredito que isso a ajudou, assim como eu pretendia, mas gostaria que ela não tivesse apontado uma arma para o meu rosto e pulado pela janela em seguida.

Inspiro devagar, estabilizando a respiração.

E seleciono a simulação para a qual vim até aqui.

Dezesseis

Estou de pé na câmara principal.

De frente para mim mesmo.

É uma simulação muito simples. Não troquei de roupa, nem o meu cabelo, nem o chão carpetado. Não fiz nada além de criar um duplo de mim mesmo e dar a ele uma arma.

Ele não para de me encarar.

Um.

Ele inclina a cabeça.
– Está pronto? – Uma pausa. – Está com medo?
Meu coração dá um giro.
Ele ergue o braço. Sorri um pouco.
– Não se preocupe. Está quase acabando.

Dois.

– Só mais um pouquinho e eu vou embora – ele diz, apontando a arma para a minha testa.

As minhas palmas estão suando. O meu pulso, disparado.

– Você vai ficar bem – ele mente. – Prometo.

Três.

Boom.

Dezessete

— Tem certeza de que não está com fome? — meu pai pergunta, ainda mastigando. — Está muito bom.

Reviro-me na cadeira. Concentro-me nos vincos passados nas calças que estou usando.

— Hum? — ele pergunta.

Posso ouvi-lo sorrindo.

Estou perfeitamente ciente dos soldados alinhados junto às paredes desta sala. Ele sempre os mantém próximos e em constante competição uns com os outros. A primeira tarefa deles foi determinar qual dos onze seria o elo mais fraco. Aquele com o argumento mais convincente foi então obrigado a eliminar seu alvo.

Meu pai acha essas práticas divertidas.

— Receio que não estou com fome. O remédio tira o meu apetite — minto.

— Ah — ele diz. Eu o ouço colocar seus talheres na mesa. — Claro. Que inconveniente.

Não digo nada.

— Saiam.

Uma palavra e seus homens se dispersam em questão de segundos. A porta se fecha atrás deles.

– Olhe para mim – ele manda.

Eu olho para cima, meu olhar cuidadosamente desprovido de emoção. Odeio o rosto dele. Não suporto olhar para ele por muito tempo; não gosto de experimentar todo o impacto de sua desumanidade. Ele não é torturado pelo que faz nem por como vive. Na verdade, ele gosta. Adora a sensação de poder; ele pensa em si mesmo como uma entidade invencível.

E, de certa forma, não está errado.

Passei a acreditar que o homem mais perigoso do mundo é aquele que não sente remorso. Aquele que nunca pede desculpas e, portanto, não busca perdão. Porque, no final, são as nossas emoções que nos tornam fracos, não as nossas ações.

Desvio o olhar.

– O que você encontrou? – ele pergunta, sem preâmbulos.

Minha mente vai imediatamente para o diário que guardei no bolso, mas não faço nenhum movimento. Não ouso recuar. As pessoas raramente percebem que contam mentiras com os lábios e verdades com os olhos o tempo todo. Coloque um homem em uma sala com algo que ele escondeu e pergunte onde está escondido; ele vai dizer que não sabe, ele vai dizer que você pegou o homem errado, mas quase sempre olhará para a localização exata do objeto. E agora eu sei que meu pai está me observando, esperando para ver para onde vou olhar e o que vou dizer.

Mantenho os ombros relaxados e respiro lenta e imperceptivelmente para acalmar meu coração. Não respondo. Finjo estar perdido em pensamentos.

– Filho?

Olho para ele. Finjo surpresa.

– Sim?

– O que você achou? Quando vasculhou o quarto dela hoje.

Expiro. Balanço a cabeça e me inclino para trás na cadeira.

– Vidro quebrado. Uma cama desarrumada. O armário aberto. Ela levou apenas alguns produtos de higiene pessoal e alguns pares extras de roupas e roupas íntimas. Nada mais estava fora do lugar.

Nada disso é mentira.

Eu o ouço suspirar. Ele afasta o prato.

Sinto o contorno do caderno queimando na minha perna.

– E você diz que não sabe para onde ela pode ter ido?

– Só sei que ela, Kent e Kishimoto devem estar juntos – digo a ele. – Delalieu diz que roubaram um carro, mas o rastro desapareceu abruptamente na beira de um terreno vazio. Há dias temos mantido soldados em patrulha, vasculhando a área, mas não encontraram nada.

– E onde – diz ele – você planeja procurar agora? Acha que eles podem ter cruzado para outro setor?

Sua voz está relaxada. Está se divertindo.

Eu olho para o seu rosto sorridente.

Ele está fazendo essas perguntas somente para me testar. Tem suas próprias respostas, uma solução já preparada. Ele quer me ver falhar respondendo incorretamente. Está tentando provar que, sem ele, eu tomaria todas as decisões erradas.

Ele está zombando de mim.

– Não – eu digo, minha voz sólida, firme. – Não acho que eles fariam algo tão idiota quanto cruzar para outro setor. Eles não têm acesso, meios nem capacidade. Ambos foram gravemente feridos, estavam perdendo sangue e estavam muito longe de qualquer tipo de pronto-socorro. Provavelmente já estão mortos. A menina deve ser a única sobrevivente, e ela não pode ter ido longe, porque não tem ideia de como navegar por essas áreas. Faz tempo que não tem contato com esse mundo; tudo nesse ambiente é estranho para ela. Além disso, não sabe dirigir e se, de alguma forma, tivesse conseguido confiscar um veículo, teríamos recebido a notificação do roubo. Considerando sua saúde geral, sua propensão à exaustão física e a falta de acesso a comida, água e atendimento médico, ela provavelmente deve ter desmaiado em um raio de oito quilômetros desse tal terreno inóspito. Temos de encontrá-la antes que ela congele até a morte.

Meu pai pigarreia.

– Sim – diz ele –, essas são teorias interessantes. E, talvez, em circunstâncias normais, elas poderiam realmente ser verdadeiras, mas você falha ao ignorar o detalhe mais importante.

Encontro seu olhar.

– Ela não é normal – diz ele, recostando-se na cadeira. – E ela não é a única de sua espécie.

Meu batimento cardíaco acelera. Pisco muito rápido.

– Ora, certamente você suspeitava, não? Tinha uma hipótese? – Ele ri. – Parece estatisticamente impossível que ela seja o único erro fabricado por nosso mundo. Você sabia disso, mas não queria acreditar. E eu vim aqui para te dizer que é verdade.

Ele inclina a cabeça para mim. Dá um sorriso grande e vibrante.

– Há outros do tipo dela. E eles a recrutaram.

– Não – eu respiro.

– Eles se infiltraram em suas tropas. Viveram entre vocês em segredo. E agora eles roubaram seu brinquedo e fugiram com ele. Só Deus sabe como eles esperam manipulá-la em benefício próprio

– Como você pode ter certeza disso? – pergunto. – Como você sabe que eles conseguiram levá-la com eles? Kent estava meio morto quando eu o deixei…

– Preste atenção, filho. Estou te dizendo que eles não são normais. Não seguem suas regras; não há lógica. Você não tem ideia

UNIFICA-ME

de quais estranhezas eles podem ser capazes de fazer. – Ele aguarda um instante. – Além disso, já sei há algum tempo que existe um grupo deles disfarçado nesta área; mas, em todos esses anos, eles sempre se mantiveram sozinhos. Não interferiram nos meus métodos e achei melhor permitir que morressem por conta própria sem infectar nossos civis com um pânico desnecessário. Você entende, é claro – ele desdenha. – Afinal, nem conseguiu conter um deles. São aberrações.

– Você sabia? – Estou de pé agora. Tentando manter a calma. – Você sabia da existência deles, todo esse tempo, e ainda assim não fez nada? Não disse nada?

– Parecia desnecessário.

– E agora? – eu pergunto.

– Agora parece pertinente.

– Inacreditável! – Jogo as mãos para o ar. – Que você esconderia uma informação assim de mim! Sabendo dos meus planos para ela... Sabendo tudo o que eu fiz para trazê-la para cá...

– Acalme-se – ele diz.

E estica as pernas; apoia o tornozelo de uma no joelho da outra.

– Nós vamos encontrá-los. Esse tal terreno de que Delalieu fala, a área onde o carro parou de ser rastreável? Esse é o nosso destino. Eles devem estar no subsolo. Devemos encontrar a entrada e destruí-los silenciosamente, por dentro. Assim teremos punido os culpados entre eles e evitado que os demais se mobilizassem e inspirassem rebelião em nosso povo.

Ele se inclina para a frente e continua:

– Os civis ouvem tudo. E agora estão vibrando com um novo tipo de energia. Estão se sentindo inspirados por alguém ter conseguido fugir e te ferir. Isso faz nossas defesas parecerem fracas e facilmente penetráveis. Devemos destruir essa percepção corrigindo o desequilíbrio. O medo vai devolver tudo ao seu devido lugar.

– Mas eles estão procurando – digo a ele. – Meus homens vasculham a área todos os dias e não encontram nada. Como podemos ter certeza de que encontraremos alguma coisa?

– Porque você vai liderá-los – diz ele. – Toda noite. Após o toque de recolher, enquanto os civis estiverem dormindo. Você cessará suas buscas diurnas; não dará aos cidadãos mais motivo para falar. Aja com calma, filho. Não mostre seus movimentos. Permanecerei na base e supervisionarei suas tarefas por meio dos meus homens; eu darei ordens a Delalieu conforme necessário. E, nesse ínterim, você deve encontrá-los, para que eu possa destruí-los o mais rápido possível. Esse absurdo já está durando o suficiente – diz ele – e já não estou me sentindo mais tão compreensivo.

Dezoito

Sinto muito. Sinto muito, muito. Sinto muito muito sinto muito muito sinto muito muito muito Sinto muito, muito. Sinto muito muito sinto muito muito sinto muito muito muito. Sinto muito, muito. Sinto muito, muito. Sinto muito muito sinto muito muito muito sinto muito muito Sinto muito muito sinto muito muito sinto muito muito muito. Sinto muito, muito. Sinto muito muito sinto muito muito sinto muito muito muito Sinto muito, muito. Sinto muito, muito. Sinto muito muito sinto muito muito muito Sinto muito, muito. Sinto muito muito sinto muito muito sinto muito muito muito Sinto muito, muito. Sinto muito muito Sinto muito, muito. Sinto muito muito muito. Sinto muito, muito. Sinto muito muito sinto muito muito sinto muito muito muito Sinto muito, muito. Sinto muito, muito. Sinto muito muito sinto muito muito muito Sinto muito sinto muito muito por favor me perdoe.

Foi um acidente.
Me perdoe
Por favor me perdoe

Há pouco que eu permito aos outros descobrirem sobre mim. E há ainda menos que estou disposto a compartilhar. Entre todas as coisas sobre as quais nunca falei, esta é uma delas.

Gosto de banhos longos.

Sempre tive uma obsessão com limpeza. Sempre estive tão atolado em morte e destruição que acho que supercompensei tentando me manter o mais imaculado possível. Tomo banhos frequentes. Escovo os dentes e uso fio dental três vezes ao dia. Aparo meu próprio cabelo toda semana. Esfrego minhas mãos e unhas antes de ir para a cama e logo depois de acordar. Tenho uma preocupação doentia em usar apenas roupas recém-lavadas. E sempre que estou experimentando qualquer nível extremo de emoção, a única coisa que acalma meus nervos é um longo banho de banheira.

Então é isso que estou fazendo agora.

Os médicos me ensinaram a envolver o braço machucado com o mesmo plástico que eles usavam antes, então consigo afundar abaixo da superfície sem problemas. Mergulho a cabeça por um longo tempo, prendendo a respiração enquanto exalo pelo nariz. Sinto as pequenas bolhas subirem à superfície.

A água quente faz eu me sentir leve. Carrega os fardos para mim, entendendo que preciso de um momento para aliviar meus ombros desse peso. Para fechar meus olhos e relaxar.

Meu rosto vem à tona.

Não abro os olhos; apenas meu nariz e meus lábios encontram o oxigênio do outro lado. Respiro lentamente para ajudar a estabilizar a mente. É tão tarde que não sei que horas são; tudo que sei é que a temperatura caiu significativamente, e o ar frio está fazendo cócegas no meu nariz. É uma sensação estranha ter noventa e oito por cento do corpo flutuando em uma temperatura quente e aconchegante, enquanto meu nariz e meus lábios tremem de frio.

Afundo o rosto na água de novo.

Eu poderia morar aqui, acho. Viver onde a gravidade não sabe meu nome. Aqui estou eu, sem amarras, sem as correntes desta vida. Sou um corpo diferente, uma concha diferente, e meu peso é carregado pelas mãos de amigos. Muitas noites desejei poder dormir sob este lençol.

Afundo mais.

Em uma semana, minha vida inteira mudou.

Minhas prioridades se rearranjaram. Minha concentração foi destruída.

Tudo o que me interessa agora gira em torno de uma pessoa e, pela primeira vez na vida, essa pessoa não sou eu. Suas palavras ficaram gravadas na minha mente. Não consigo parar de imaginar como ela deve ter sido, não consigo parar de imaginar o que ela deve ter experimentado. Encontrar seu diário me aleijou. Meus sentimentos por ela estão fora de controle. Nunca estive tão desesperado para vê-la, para falar com ela.

Quero que ela saiba que eu a entendo agora. Que eu não a entendia antes. Ela e eu somos realmente iguais; de mais maneiras do que eu poderia imaginar.

Mas agora ela está fora de alcance. Foi para algum lugar com estranhos que não a conhecem e não se importariam com ela como eu me importo. Foi lançada em outro ambiente estranho, sem tempo para uma transição, e estou preocupado com ela. Uma pessoa nessa situação – com seu passado – não se recupera da noite para o dia. E, agora, uma de duas coisas está prestes a acontecer: ou ela vai se fechar completamente ou vai explodir.

Sento-me rápido demais, saindo da água, com falta de ar.

Tiro o cabelo do rosto. Me inclino para trás contra a parede de azulejos, permitindo que o ar frio me acalme, clareie meus pensamentos.

Tenho de encontrá-la antes que ela se estilhace.

Nunca quis cooperar com meu pai antes, nunca quis concordar com seus motivos ou seus métodos; mas, nesse caso, estou disposto a fazer qualquer coisa para trazê-la de volta.

Estou ansioso por qualquer oportunidade de quebrar o pescoço de Kent.

Aquele canalha traidor. O idiota que pensa que conquistou uma garota bonita. Ele não tem ideia de quem ela seja. Nenhuma ideia do que ela está prestes a se tornar.

E, se pensa que é remotamente adequado para ela, ele deve ser ainda mais idiota do que eu imaginava.

Dezenove

— Onde está o café? – pergunto, meus olhos examinando a mesa.

Delalieu deixa cair o garfo. O talher bate contra os pratos de porcelana. Ele me encara com os olhos arregalados.

— Senhor?

— Gostaria de experimentar – digo a ele, tentando espalhar manteiga na minha torrada com a mão esquerda. Lanço um olhar em sua direção.

— Você sempre defende seu café, não é? Acho que quero...

Delalieu pula da mesa sem dizer uma palavra. Passa pela porta em um segundo.

Rio em silêncio sobre o meu prato.

Delalieu vem carregando a bandeja de chá e café, e a coloca próxima à minha cadeira. Suas mãos tremem enquanto ele derrama o líquido escuro em uma xícara, coloca-a em um pires, depois sobre a mesa e a empurra na minha direção.

Espero até que ele se sente novamente antes de tomar um gole. É uma bebida estranha e muito amarga; de jeito nenhum parece o que eu esperava. Olho para ele, surpreso ao descobrir que um homem como Delalieu começaria seu dia se preparando com um líquido tão potente de sabor desagradável. Acho que o respeito por isso.

– Não é horrível – digo a ele.

Seu rosto se abre em um sorriso tão largo, tão extasiado, que me pergunto se ele me ouviu mal. Está praticamente radiante quando diz:

– Tomo o meu com creme e açúcar. O sabor fica bem melhor do que...

– Açúcar. – Coloco minha xícara na mesa. Aperto os lábios, luto contra um sorriso. – Você adiciona açúcar. Claro que sim. Faz muito mais sentido.

– Gostaria de um pouco, senhor?

Levanto a mão. Balanço a cabeça.

– Ligue de volta para as tropas, tenente. Vamos interromper as missões diurnas e, em vez disso, sair à noite, após o toque de recolher. Você ficará na base – digo a ele –, onde o supremo dará as ordens por meio de seus homens; é preciso colocar em prática quaisquer demandas que forem necessárias. Eu mesmo liderarei o grupo. – Paro. Olho nos seus olhos. – Não haverá mais conversa sobre o que se passou. Nada para os civis verem ou falarem. De acordo?

– Sim, senhor – diz ele, seu café esquecido. – Vou emitir as ordens imediatamente.

– Ótimo.

Ele se levanta.

Assinto.

Ele sai.

UNIFICA-ME

Estou começando a sentir uma esperança real pela primeira vez desde que ela se foi. Nós vamos encontrá-la. Agora, com esta nova informação – com um exército inteiro contra um grupo de rebeldes desorientados –, parece impossível que não consigamos.

Respiro fundo. Tomo mais um gole desse café.

Estou surpreso ao descobrir o quanto gosto desse sabor amargo.

Vinte

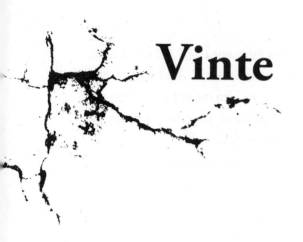

Ele está esperando por mim quando volto para o quarto.

— As ordens foram emitidas — digo sem olhar em sua direção. — Vamos nos mobilizar esta noite. — Eu hesito. — Então, se me der licença, tenho outros assuntos sobre os quais preciso discutir.

— Como é ficar assim, aleijado? — pergunta ele. Está sorrindo. — Como você consegue olhar para si mesmo, sabendo que foi derrubado por seus próprios subordinados?

Paro do lado de fora da porta adjacente do meu escritório.

— O que você quer?

— Qual é o seu fascínio por aquela garota?

Minha coluna enrijece.

— Ela é mais para você do que apenas um experimento, não é? — ele insiste.

Viro-me lentamente. Ele está parado no meio do quarto, com as mãos nos bolsos, sorrindo para mim como se estivesse com nojo.

— Do que você está falando?

— Olhe para si mesmo — diz ele. — Nem pronunciei o nome dela e você já desmorona. — Ele balança a cabeça, ainda me estudando. — Seu rosto está pálido, sua única mão ativa está cerrada. Você está respirando muito rápido e todo o seu corpo está tenso.

Uma pausa.

– Você se traiu, filho. Você pensa que é muito inteligente – diz ele –, mas está esquecendo quem te ensinou seus truques.

Fico quente e frio ao mesmo tempo. Tento abrir o punho e não consigo. Quero dizer que ele está errado, mas, de repente, eu me sinto instável, desejando ter comido mais no café da manhã, e, depois, desejando não ter comido absolutamente nada.

– Tenho trabalho a fazer – consigo dizer.

– Me diga – continua ele – que você não se importaria se ela morresse junto com os outros.

– O quê? – A palavra nervosa e trêmula escapa dos meus lábios na mesma hora.

Meu pai baixa os olhos. Fecha e abre as mãos.

– Você já me decepcionou de muitas maneiras – diz ele, sua voz enganosamente suave. – Por favor, não permita que essa seja outra decepção.

Por um momento, sinto como se existisse fora do meu corpo, como se estivesse olhando para mim mesmo da perspectiva dele. Vejo meu rosto, meu braço machucado, essas pernas que de repente parecem incapazes de carregar meu peso. Rachaduras começam a se formar ao longo do meu rosto, abrindo-se até meus braços, meu torso, minhas pernas. Imagino que desmoronar seja assim.

Não percebo que ele diz meu nome até que o repete duas vezes mais.

– O que você quer de mim? – eu pergunto, surpreso em ouvir como pareço calmo. – Você entrou no meu quarto sem permissão, fica aqui e me acusa de coisas que não tenho tempo de entender. Estou seguindo suas regras, suas ordens. Nós partiremos esta noite; vamos encontrar o esconderijo deles. Vocês podem destruí-los como acharem melhor.

– E a sua garota – ele insiste, inclinando a cabeça para mim.
– Sua Juliette?

Recuo ao som do nome dela. Meus batimentos estão tão acelerados que parecem ressoar como um sussurro.

– Se eu metesse três balas na cabeça dela, como isso faria você se sentir? – Ele me encara, me observa. – Decepcionado, porque teria perdido seu projeto de estimação, ou arrasado, porque teria perdido a garota que ama?

O tempo parece desacelerar, derreter ao meu redor.

– Seria um desperdício – digo, ignorando o tremor que sinto bem dentro de mim, ameaçando me derrubar – perder algo em que investi tanto tempo.

Ele sorri.

– É bom saber que você enxerga dessa forma – ele comenta. – Mas os projetos são, afinal, facilmente substituíveis. E eu tenho certeza de que seremos capazes de encontrar um emprego melhor e mais prático do seu tempo.

Pisco para ele lentamente. Parte do meu peito parece desabar.

– Claro – eu me escuto dizer.

– Sabia que você entenderia. – Ele dá um tapa no meu ombro ferido e sai. Meus joelhos bambeiam. – Valeu o esforço, filho, mas ela já nos custou tempo e dinheiro demais, e já se mostrou completamente inútil. Assim conseguimos driblar todas as inconveniências de uma só vez. Vamos considerá-la um dano colateral.

Ele lança um último sorriso antes de passar por mim e sair do quarto.

Desabo contra a parede.
E me desfaço no chão.

Vinte e um

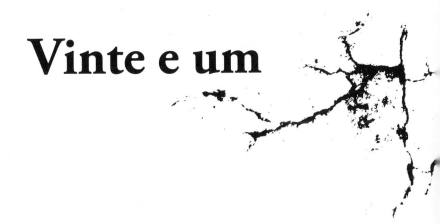

Engolir as lágrimas com frequência suficiente para sentir como se ácido gotejasse por sua garganta.

É aquele momento terrível, quando você está tão quieta tão quieta tão quieta porque ~~você não quer que a vejam chorar~~ você não quer chorar, mas seus lábios não param de tremer e seus olhos estão transbordando de por favor e eu imploro e por favor e sinto muito e por favor e tenham piedade e talvez desta vez será diferente, mas é sempre a mesma coisa. Não há ninguém para quem correr em busca de consolo. Não há ninguém do seu lado.

Acenda uma vela por mim, eu costumava sussurrar para ninguém.
Alguém
Qualquer um
Se estiver em algum lugar aí fora
Por favor diga-me se sente este fogo.

Já é o quinto dia da nossa patrulha e ainda não encontramos nada.

Lidero o grupo toda noite, caminhando em silêncio pelas frias paisagens de inverno. Procuramos passagens secretas, esconderijos camuflados; qualquer indicação de que possa haver outro mundo sob nossos pés.

E todas as noites retornamos à base de mãos vazias.

A banalidade desses últimos dias está pairando sobre mim, amortecendo meus sentidos, colocando-me em uma espécie de torpor do qual não consigo escapar. Todos os dias eu acordo buscando uma solução para os problemas que criei para mim, mas não tenho ideia de como corrigir isso.

Se ela estiver em algum lugar por aí, ele vai encontrá-la. Matá-la.

Só para me ensinar uma lição.

Minha única esperança é encontrá-la antes dele. Talvez escondê-la. Ou mandá-la fugir. Ou fingir que ela já está morta. Ou, quem sabe, convencê-lo de que ela é diferente, melhor do que os outros, que vale a pena mantê-la viva.

Pareço um idiota patético e desesperado.

É como se eu fosse uma criança novamente, esgueirando-me por cantinhos escuros e rezando para ele não me encontrar. Esperando que ele estivesse de bom humor. Esperando que tudo talvez ficasse bem. Que minha mãe talvez não gritasse dessa vez.

Como eu volto tão depressa a outra versão de mim na presença dele.

Fiquei entorpecido.

Tenho realizado minhas tarefas com uma espécie de dedicação mecânica; elas exigem um esforço mínimo. Caminhar é simples. Comer é simples, e eu estou acostumado a fazer isso.

Não consigo parar de ler o diário dela.

Meu coração chega a doer, mas não consigo parar de virar as páginas. Sinto como se estivesse dando de cara contra uma parede invisível, como se o meu rosto estivesse sufocando dentro de um saco de plástico, sem poder ver, sem poder ouvir outro som além do meu coração retumbando nos meus ouvidos.

Quis poucas coisas nesta vida.

Nunca pedi nada a ninguém.

E, agora, tudo de que preciso é outra chance. Uma oportunidade para vê-la de novo. Mas, a menos que eu encontre uma forma de fazê-lo parar, essas palavras são tudo que terei dela.

Esses parágrafos e essas frases. Essas letras.

Estou obcecado. Carrego o caderno dela comigo para todo canto, passo todos os meus momentos tentando decifrar as palavras que ela rabiscou nas margens, desenvolvendo histórias que acompanham os números anotados.

Também notei que está faltando a última página. Foi arrancada.

Pergunto-me por quê. Já folheei o caderno uma centena de vezes, procurando outras partes onde estejam faltando páginas, mas não encontrei nenhuma. E, não sei como, mas me sinto traído, sabendo que existe algo a que não tenho acesso. E nem é o meu diário, não é nada da minha conta, mas já li as palavras dela tantas vezes que agora é como se fossem minhas. Posso praticamente recitá-las de cor.

É estranho ficar na cabeça dela sem poder vê-la. Sinto como se Juliette estivesse aqui, bem na minha frente. Sinto como se a conhecesse de forma tão íntima e privada. Fico seguro na companhia das reflexões dela; de algum modo, eu me sinto acolhido. Compreendido. Tanto que às vezes esqueço que foi ela que atirou no meu braço.

Quase me esqueço de que ainda me odeia, independentemente do quanto eu esteja apaixonado por ela.

E estou.

Muito.

Cheguei ao fundo do poço. Já o atravessei. Nunca na vida senti isso. Nada parecido. Vergonha e covardia, fraqueza e força. Conheci o terror e a indiferença, o ódio por mim mesmo e a repulsa de forma geral. Vi coisas que não consigo esquecer.

E, no entanto, não conheci nada parecido com esse sentimento terrível e paralisante. Me sinto aleijado. Desesperado e fora de controle. E está piorando. Todos os dias eu me sinto mal. Vazio e, de alguma forma, dolorido.

O amor é um canalha sem coração.

Estou ficando louco.

Despenco na minha cama, totalmente vestido. Casaco, botas, luvas. Estou cansado demais para tirar a roupa. Esses turnos até tarde da noite me deixam poucas horas para dormir. Sinto como se estivesse vivendo em um estado perpétuo de exaustão.

Minha cabeça cai no travesseiro e pisco uma vez. Duas vezes.

E desmaio.

Vinte e dois

– Não – eu me ouço dizendo. – Você não deveria estar aqui.

Ela está sentada na minha cama. Recostada sobre os cotovelos, com as pernas esticadas à sua frente, cruzadas nos tornozelos. E, embora uma parte de mim saiba que devo estar sonhando, há outra parte, a dominante, que se recusa a aceitar isso. Parte de mim quer acreditar que ela realmente está aqui, a centímetros de distância, com um vestido preto curto que insiste em subir por suas coxas, mas ela parece tão diferente, estranhamente vibrante; as cores parecem todas erradas. Seus lábios estão com um tom mais forte e profundo de rosa; seus olhos parecem maiores, mais escuros. Ela está usando sapatos que eu sei que nunca usaria. E o mais estranho de tudo: está sorrindo para mim.

– Oi – ela sussurra.

É apenas uma palavra, mas meu coração já dispara. Me afasto dela, cambaleio para trás e quase bato a cabeça na cabeceira da cama; por fim, me dou conta de que meu ombro já não está mais ferido. Olho para o meu corpo. Meus braços estão completamente normais. Estou usando apenas cueca e camiseta.

Ela muda de posição em um instante, ficando de joelhos e engatinhando até mim. Sobe no meu colo. Está agora montada na minha cintura. De repente, começo a respirar rápido demais.

Os lábios dela estão próximos ao meu ouvido. Suas palavras são suaves.

— Me beije — ela diz.

— Juliette...

— Eu vim até aqui. — Ela ainda está sorrindo para mim. É um sorriso raro, com o qual nunca me honrou. Mas, de alguma forma, neste momento, ela é minha. Ela é minha e ela é perfeita e ela me quer, e eu não vou lutar contra isso.

Nem quero.

Suas mãos estão puxando a minha camiseta por cima da minha cabeça. Ela a atira no chão. Inclina-se sobre mim e beija meu pescoço, só uma vez, lentamente. Meus olhos se fecham.

Não há palavras neste mundo para descrever o que estou sentindo.

Sinto suas mãos percorrendo meu peito, meu estômago; seus dedos correndo pelo elástico da minha cueca. Seu cabelo tomba para a frente, roçando a minha pele, e preciso cerrar os punhos para me impedir de prendê-la em minha cama.

Cada terminação nervosa do meu corpo está alerta. Nunca me senti tão vivo nem tão desesperado na vida, e tenho certeza de que, se pudesse ouvir o que estou pensando agora, ela sairia correndo pela porta e nunca mais voltaria.

Porque eu a desejo.

Agora.

Aqui.

Em todos os lugares.

Não quero nada entre nós.

UNIFICA-ME

Quero as roupas dela no chão e as luzes acesas, e quero estudá-la. Quero arrancá-la desse vestido e dedicar tempo a cada centímetro dela. Não tenho como evitar o meu desejo de apenas olhar fixamente; de examinar seus traços: a inclinação de seu nariz, a curva de seus lábios, a linha de sua mandíbula. Quero passar os dedos em toda a pele macia de seu pescoço e depois descer até o fim. Quero sentir o peso dela pressionado contra mim, envolvendo meu corpo.

Não consigo me lembrar de por que isso não pode ser certo ou real. Não consigo me concentrar em mais nada, apenas no fato de que ela está sentada no meu colo, tocando meu peito, olhando nos meus olhos como se pudesse realmente me amar.

Pergunto-me se, na verdade, eu morri.

Mas, assim que me inclino, ela se inclina para trás, sorrindo ao colocar as mãos atrás de si, sem quebrar o contato visual comigo.

– Não se preocupe – ela sussurra. – Está quase no fim agora.

Suas palavras parecem tão estranhas, tão familiares.

– O que você quer dizer?

– Só mais um pouco e eu vou embora.

– Não. – Estou piscando rápido, tentando alcançá-la. – Não, não vá... Aonde você está indo...

– Você vai ficar bem – diz ela. – Prometo.

– *Não...*

Mas agora ela está segurando uma arma.

E apontando para o meu coração.

Vinte e três

Estas letras são tudo que me resta.
26 amigas a quem contar as minhas histórias.
26 letras são tudo de que preciso. Costuro umas às outras para criar oceanos e ecossistemas. Posso encaixá-las para formar planetas e sistemas solares. Posso usar letras para construir arranha-céus e metrópoles povoadas de pessoas, lugares, coisas e ideias que são mais reais para mim do que estas 4 paredes.
Só preciso de letras para viver. Sem elas, eu não existiria.
Porque estas palavras que escrevo são as únicas provas de que eu ainda estou viva.

A manhã está extraordinariamente fria.

Sugeri que fizéssemos uma viagem menor e mais discreta aos complexos no início do dia, apenas para ver se algum dos civis parecia suspeito ou deslocado. Estou começando a me perguntar se Kent e Kishimoto, além de todos os outros, estão vivendo às escondidas entre as pessoas. Afinal, eles devem ter alguma fonte de alimento e água – algo que os ligue à sociedade; duvido que consigam cultivar qualquer coisa no subsolo.

Mas, claro, são apenas suposições. Nada impede que tenham uma pessoa que produza alimentos num passe de mágica.

Logo eu me dirijo aos meus homens, instruindo-os a se dispersarem e permanecerem imperceptíveis. O trabalho deles é observar todos e relatar suas descobertas diretamente a mim.

Depois que eles saem, fico olhando em volta, sozinho com meus pensamentos. É um lugar perigoso para se estar.

Meu Deus, ela parecia tão real no meu sonho!

Fecho os olhos, passando a mão pelo rosto; meus dedos param sobre os lábios. Eu podia senti-la. Podia, realmente, *senti-la*. Só de pensar nisso meu coração dispara. Não sei o que vou fazer se continuar tendo sonhos tão intensos com ela. Não vou conseguir viver direito.

Respiro profundamente e me concentro. Permito que os meus olhos vaguem, e não posso deixar de me distrair com as crianças correndo. Parecem muito animadas e despreocupadas. De uma forma estranha, fico triste por elas terem sido capazes de encontrar a felicidade nesta vida. Não têm ideia do que perderam; não têm ideia de como o mundo costumava ser.

Algo atinge a parte de trás das minhas pernas.

Ouço uma espécie de respiração ofegante estranha e dificultosa; eu me viro.

É um cachorro.

Um cachorro cansado e faminto, tão magro e frágil que parece que poderia ser derrubado pelo vento, mas está olhando para mim. Sem medo. Com a boca aberta. A língua pendurada.

Quero rir alto.

Olho em volta rapidamente antes de pegar o cachorro nos braços. Não preciso dar mais razões para o meu pai me castrar e não duvido que meus soldados me denunciariam por algo assim.

Por uma brincadeira com um cachorro.

Já consigo ouvir o sermão que meu pai me daria.

Carrego a criatura choramingante até uma das unidades habitacionais recentemente desocupadas – acabei de ver as três famílias saindo para o trabalho – e me agacho atrás de uma das cercas. O cachorro parece esperto o suficiente para entender que agora não é hora de latir.

Tiro a luva e coloco a mão no bolso para encontrar o pãozinho doce que peguei no café da manhã; não tive a chance de comer nada ainda. E, embora não tenha a menor ideia do que cães comem, eu o ofereço.

O cachorro praticamente morde minha mão.

Ele devora o pãozinho em duas mordidas e começa a lamber meus dedos, pulando de empolgação no meu peito, sentindo o calor pelo meu casaco aberto. Não consigo controlar a risada fácil que escapa dos meus lábios; nem quero. Faz tanto tempo que não sinto vontade de rir. E não posso deixar de ficar surpreso com o poder que esses animaizinhos despretensiosos exercem sobre nós; como tão facilmente driblam as nossas defesas.

Passo a mão ao longo de seu pelo surrado, sentindo suas costelas se projetarem em ângulos agudos e desconfortáveis, mas ele não parece se importar com seu estado de fome, pelo menos não agora. Sua cauda está balançando alegremente, e ele continua se afastando do meu casaco para me olhar nos olhos. Começo a pensar que teria sido bom colocar mais pãezinhos doces nos bolsos naquela manhã.

Ouço um estalo.

Um suspiro.

Viro-me para vasculhar ao redor.

Pulo, alerta, procurando o som. Parecia tão perto. Alguém me viu. Alguém...

Uma civil. Ela já está fugindo, o corpo pressionado contra a parede de uma unidade próxima.

– Ei! – eu grito. – Você aí...

Ela para. Olha para mim.

Quase desmaio.

Juliette.

Ela está olhando para mim. Está realmente aqui, olhando para mim, com os olhos arregalados e em pânico. Minhas pernas de repente parecem feitas de chumbo. Estou enraizado no chão, incapaz de formar palavras. Nem sei por onde começar. Há tanto que quero dizer a ela, tanto que nunca lhe disse, e estou tão feliz em vê-la... Deus, estou tão aliviado...

Ela desaparece.

Giro de novo, frenético, perguntando-me se realmente comecei a perder a noção da realidade. Meus olhos pousam no cachorrinho ainda sentado ali, esperando por mim, e fico olhando para ele, perplexo, perguntando-me o que diabos aconteceu. Fico olhando para o lugar em que pensei tê-la visto, mas não vejo nada. Nada.

Passo a mão pelo cabelo, tão confuso, tão horrorizado e com tanta raiva de mim mesmo que quero arrancá-la de dentro da minha cabeça.

O que está acontecendo comigo?

EU NÃO A PERDEREI

FRAGMENTA-ME

Um

— Addie? Addie, acorda. *Addie...*

Eu me viro com um gemido e me alongo, esfregando os olhos. É cedo demais para aquilo.

— Addie...

Ainda meio adormecido, agarro James pela gola e o puxo, colocando sua cabeça sob as cobertas. Ele grita e eu rio, cobrindo-o até que não consiga sair.

— Paraaaaa! — ele grita, batendo os pequenos punhos fechados contra as cobertas. — Addie, me larga...

— Quantas vezes já te falei para não me chamar assim?

James tenta me socar através da coberta. Eu o agarro e o viro nos meus braços. Ele grita, suas pernas chutando descontroladamente.

— Você é tão malvado! — ele grita, contorcendo-se no meu colo. — Se Kenji estivesse aqui, ele nunca deixaria você...

Ao som dessas palavras, congelo, e James percebe. Ele fica quieto nos meus braços e eu o solto. Ele se desembaraça das cobertas e nos encaramos.

James pisca. Seu lábio inferior está tremendo, e ele o morde.

— Você sabe se ele está bem?

Balanço a cabeça.

UNIFICA-ME

Kenji ainda está na ala médica. Ninguém sabe ao certo o que aconteceu, mas há rumores. Sussurros.

Olho para a parede. James ainda está falando, mas estou distraído demais para prestar atenção.

É difícil acreditar que Juliette poderia machucar alguém daquela forma.

— Estão dizendo que ele sumiu — James afirma agora.

Isso eu ouço.

— O quê? — Eu me viro, alarmado. — Como assim?

James encolhe os ombros.

— Não sei. Disseram que fugiu do quarto dele.

— Do que você está falando? Como ele poderia fugir do quarto…?

James encolhe os ombros novamente.

— Acho que ele não queria mais ficar aqui.

— Mas… como assim? — confuso, eu faço uma careta. — Quer dizer que ele está melhor? Alguém te disse que ele estava se sentindo melhor?

James franze a testa.

— Você queria que ele melhorasse? Pensei que não gostasse dele.

Suspiro. Passo a mão pelo cabelo.

— É claro que gosto dele. Sei que nem sempre nos damos bem, mas estamos confinados aqui, e ele sempre é cheio das opiniões…

James me lança um olhar estranho.

— Então… Você não quer matá-lo? Você sempre diz que quer matá-lo.

— Não estou falando sério quando digo coisas assim. — Tento não revirar os olhos. — Somos amigos há muito tempo. Na verdade, estou preocupado com ele.

— Entendi — diz James com cuidado. — Você é estranho, Addie.

Não posso deixar de rir um pouco.

– Por que sou estranho? E, ei, pare de me chamar de Addie. Você sabe que eu odeio.

– Sim, e ainda não sei por quê – ele me interrompe. – A mamãe sempre te chamava de Addie...

– Bem, a mamãe está morta, não está? – respondo, endurecendo a voz.

Minhas mãos estão cerradas. E, quando vejo o rosto de James, imediatamente me arrependo. Solto os punhos. Respiro fundo.

James engole em seco.

– Desculpe – ele diz baixinho.

Faço que sim e olho para longe.

– Eu sei. Eu também – digo enquanto visto uma camiseta. – Então Kenji se mandou, hein? Não consigo acreditar que ele simplesmente tenha ido embora.

– Por que Kenji teria ido embora? – James pergunta. – Você falou que nem sabia se ele...

– Mas foi você que falou que...

Nós paramos. Olhamos um para o outro.

James é o primeiro a falar.

– Disse que Warner sumiu. Estão dizendo que ele escapou na noite passada.

Fiquei aborrecido só de ouvir o som daquele nome.

– Fique aqui – eu digo, apontando para James e agarrando minhas botas.

– Mas...

– Não se mexa até eu voltar! – grito antes de sair correndo pela porta.

Aquele cretino. Não estou acreditando.

Estou esmurrando a porta de Castle quando Ian passa pelo corredor e me vê.

UNIFICA-ME

— Ele não está aí — diz Ian, sem parar de andar.

Eu o agarro pelo braço.

— É verdade isso? Warner escapou?

Ian suspira. Enfia as mãos nos bolsos. Por fim, confirma com um aceno de cabeça.

Quero socar a parede.

— Preciso me preparar — avisa Ian, soltando o braço. — E você também. Vamos sair depois do café da manhã.

— Está falando sério? — questiono. — Ainda vamos lutar com tudo isso que está acontecendo?

— É claro que vamos — Ian retruca. — Você sabe que não podemos esperar mais. O supremo não vai reagendar seus planos de lançar um ataque contra civis. É tarde demais para dar para trás.

— Mas e o Warner? — eu insisto. — Não vamos atrás dele?

— Talvez. — Ian dá de ombros. — Vamos ver se cruzamos com ele no campo de batalha.

— Meu Deus. — Estou com tanta raiva que mal consigo enxergar. — Poderia matar o Castle por ter deixado isso acontecer. Por pegar tão leve com ele...

— Controle-se, cara — Ian me interrompe. — Nós temos outros problemas. E, ei. — Ele agarra meu ombro e me olha nos olhos. — Você não é o único que está chateado com Castle, mas agora não é hora disso.

Afasto-me, lanço um olhar sombrio e disparo pelo corredor.

James está cheio de perguntas quando eu volto, mas ainda estou com tanta raiva que não consigo lidar com ele, porém isso não parece importar; James é teimoso de doer. Estou amarrando os coldres e travando as armas no lugar, e nem assim ele recua.

— Mas, então, o que ele disse depois de você falar que devíamos ir atrás do Warner? — James pergunta.

113

Ajusto as calças e aperto os cadarços das botas.

James bate no meu braço.

– Adam. – Ele me cutuca novamente. – Ele sabia onde Castle estava? – Outro tapinha. – Disse a que horas vocês vão sair hoje? – Mais cutucões. – Adam, quando v…

Agarro-o e ele dá um gritinho. Eu o coloco no outro canto do quarto.

– *Addie…*

Jogo um cobertor na cabeça dele.

James grita e luta com o cobertor até conseguir arrancá-lo e jogá-lo no chão. Ele está com o rosto vermelho, os punhos cerrados e, definitivamente, raivoso.

Caio na risada. Não consigo evitar.

James está tão frustrado que cospe as palavras ao falar.

– Kenji disse que eu tenho o mesmo direito de saber o que está acontecendo aqui como todo mundo. Ele nunca fica bravo quando eu faço perguntas. Nunca me ignora. Ele nunca é malvado comigo, e você é sempre horrível, e eu não gosto quando você ri de mim…

A voz de James falha, e só então eu olho para ele. Vejo as lágrimas escorrendo por suas bochechas.

– Ei – digo, indo até ele. – Ei, ei. – Agarro seus ombros e me abaixo sobre um joelho. – O que está acontecendo? Por que as lágrimas? O que houve?

– Você vai embora – James soluça.

– Ora… – Eu suspiro. – Você sabia que eu ia, lembra? Lembra quando conversamos sobre isso?

– Você vai morrer. – Outro soluço.

Levanto uma sobrancelha para ele.

– Não sabia que você conseguia prever o futuro.

– *Addie…*

UNIFICA-ME

— *Ei...*

— Não te chamo de Addie na frente de mais ninguém! — James exclama, protestando antes que eu tenha a chance de rebater. — Não sei por que isso te deixa tão bravo. Você disse que adorava quando a mamãe te chamava de Addie. Por que eu não posso?

Suspiro de novo enquanto me levanto e dou uma bagunçada no cabelo dele. James emite um som estrangulado e se afasta.

— O que foi? — pergunto, puxando a perna da minha calça para prender uma semiautomática no coldre por baixo. — Faz tempo que sou soldado. Você sabia dos riscos. O que mudou de repente?

James fica quieto por tempo suficiente para eu entender. Eu o encaro.

— Quero ir com você — diz ele, limpando o nariz com a mão trêmula. — Também quero lutar.

Meu corpo fica rígido.

— Não vamos repetir essa conversa.

— Mas Kenji disse...

— Não dou a mínima para o que Kenji disse! Você é uma criança de dez anos — eu digo. — Não vai lutar em guerra nenhuma. Não vai para nenhum campo de batalha. Está me entendendo?

James me encara.

— Falei: está me entendendo? — caminho até ele e o pego pelos braços.

James se encolhe um pouco.

— Sim — ele sussurra.

— Sim, o quê?

— Sim, senhor — diz ele, olhando para o chão agora.

Respiro com tanta força que meu peito fica ofegante.

— Nunca mais — eu digo baixinho agora. — Nunca mais vamos ter essa conversa. Nunca mais.

– Tá bom, Addie.

Engulo em seco.

– Sinto muito, Addie.

– Calce os sapatos. – Olho para a parede. – É hora de tomar café da manhã.

Dois

– Oi.

Juliette está em pé ao lado da minha mesa, encarando-me como se estivesse nervosa. Como se nunca tivéssemos feito aquilo antes.

– Oi – eu respondo.

Só de ver seu rosto, meu peito dói, mas a verdade é que não tenho mais ideia do que está acontecendo entre nós. Prometi a ela que encontraria uma maneira de lidar com aquilo – e estava realmente me esforçando, até demais. Mas, depois da noite anterior... Não vou mentir: estou um pouco assustado. Tocar nela é mais sério do que eu jamais pensei que seria.

Ela poderia ter matado Kenji. Pode até ser que tenha feito isso; mas, mesmo depois de tudo aquilo, ainda quero um futuro com ela. Quero saber que um dia seremos capazes de nos estabelecer em um lugar seguro e viver juntos em paz. Não estou pronto para desistir desse sonho ainda. Não estou pronto para desistir de nós.

Aceno para um assento vazio.

– Você não quer se sentar?

Ela se senta.

Ficamos assim, em silêncio, por um tempo, ela revirando sua comida, eu revirando a minha. Normalmente, comemos a mesma coisa todas as manhãs: uma colher de arroz, uma tigela de caldo de vegetais, um pedaço de pão duro como pedra e, nos dias bons, um copinho de pudim. Não é grande coisa, mas dá conta do recado e, em geral, ficamos gratos por isso, mas hoje ninguém parece ter apetite.

Nem voz.

Suspiro e olho para longe. Não sei por que está tão difícil falar com ela, talvez seja a ausência de Kenji, mas tudo parece ter ficado diferente entre nós nos últimos tempos. Quero tanto ficar perto dela, mas isso se tornou muito perigoso. Todos os dias sentimos que estamos nos afastando mais e mais. E, às vezes, acho que, quanto mais tento me agarrar a ela, mais ela tenta fugir.

Queria que James se apressasse e viesse logo com seu café da manhã. Tê-lo ali poderia aliviar a situação. Dou uma olhada pelo refeitório e o avisto conversando com um grupo de amigos. Tento acenar para ele, mas está rindo de algo e nem me nota. Esse garoto é incrível. É tão sociável – e muito popular por ali – que às vezes me pergunto de onde herdou isso. Em muitos sentidos, é exatamente o oposto de mim. Ele gosta de se aproximar das pessoas; eu gosto de mantê-las longe de mim.

Juliette é a única exceção a essa regra. Olho para ela e percebo as bordas vermelhas ao redor dos seus olhos observando o refeitório. Parecem arregalados e alertas, como se, apesar de exausta, ela não conseguisse ficar parada; seu pé está batendo rápido embaixo da mesa e suas mãos estão tremendo um pouco.

– Ei, você está bem? – pergunto.

– Sim, ótima – ela responde muito rapidamente.

Mas diz isso balançando a cabeça negativamente.

– Você, há, dormiu o suficiente na noite passada?

– Dormi – ela diz, repetindo a palavra algumas vezes.

UNIFICA-ME

Ela faz isso às vezes – repete a mesma palavra indefinidamente. Não tenho certeza se sabe que faz isso.

– Você dormiu bem? – ela pergunta.

Seus dedos tamborilam na mesa, depois nos seus braços. Ela varre o refeitório com os olhos sem parar. Nem me espera responder antes de dizer:

– Você ficou sabendo de alguma coisa sobre o Kenji?

E foi aí que entendi.

Claro que ela não está bem. Claro que não conseguiu dormir na noite passada. Afinal, ela quase matou um de seus amigos mais próximos. Tinha acabado de começar a confiar em si mesma, a parar de se temer; agora tinha voltado ao ponto de partida. Droga. Já estou arrependido de ter tocado no assunto.

– Não, ainda não. – Eu me encolho. Tento mudar de assunto: – Mas ouvi dizer que as pessoas estão muito chateadas com Castle pelo que aconteceu com Warner. – Pigarreio. – Você ouviu falar que ele fugiu?

Juliette deixa cair sua colher.

O talher bate no chão e ela nem parece notar.

– Sim – diz calmamente.

Ela pisca em direção ao copo d'água, segurando o guardanapo e dobrando-o sem parar.

– Tinha gente falando sobre isso pelos corredores. Sabem como ele escapou?

– Acho que não – eu digo, franzindo a testa para ela.

– Ah – ela repete algumas vezes.

Soa estranho. Parece até que está com medo. Juliette sempre foi um pouco diferente de todos os outros – quando a vi pela primeira vez naquela cela, parecia uma gatinha arisca e assustada, mas tinha melhorado muito nos últimos meses. Depois que finalmente começou a confiar em mim, as coisas mudaram. Ela se abriu. Começou a falar (e a comer) mais e até conseguiu ficar um pouco metida. Adorei vê-la voltar à vida. Adorava ficar perto dela, observando-a encontrar a si mesma.

Mas acho que a experiência com Kenji a fez regredir.

Posso dizer que ela está ali pela metade, porque seus olhos estão desfocados e suas mãos movem-se mecanicamente. É comum vê-la agindo daquela forma. É como se às vezes ela simplesmente desaparecesse, recuasse para algum canto de seu cérebro e ficasse lá por um bom tempo, pensando em algo sem compartilhar com ninguém. Naquele momento, ela está agindo como agia antes da mudança, comendo o arroz frio de seu prato, um grão de cada vez, contando baixinho a cada vez que leva à boca.

Estou prestes a tentar falar com ela novamente quando James enfim volta para a mesa. Me levanto na mesma hora, grato pela oportunidade de me livrar daquela situação constrangedora.

– Ei, amigão, por que não vamos nos despedir melhor?

– Ah – diz James, deslizando sua bandeja sobre a mesa. – Vamos, sim.

Ele olha para mim antes de olhar para Juliette, que está agora mastigando um grão de arroz com muito cuidado.

– Oi – ele diz a ela.

Juliette pisca algumas vezes, mas seu rosto se abre em um sorriso no momento em que ela o percebe. Esses sorrisos a transformam. E são os momentos que me matam um pouco por dentro.

– Oi – ela responde, de repente se mostrando tão feliz que parece que James tinha feito algo grandioso por ela. – Como você está? Dormiu bem? Quer se sentar? Só estava comendo um pouco de arroz… Quer um pouco de arroz?

James já está corando. Ele provavelmente comeria o próprio cabelo se ela lhe pedisse. Reviro os olhos e o arrasto para longe, dizendo a Juliette que já voltaremos.

Ela assente. Olho por cima do ombro enquanto nos afastamos e noto que ela parece não se importar de ficar um pouco sozinha. Juliette tenta pegar algo em seu prato e erra a garfada, e essa é a última vez que a vejo antes de sairmos.

Três

— O que está acontecendo? Por que precisamos conversar? — Mais perguntas de James. Ele é uma máquina desenfreada de perguntas. — Está tudo bem? Você pode dizer a Juliette para não comer meu café da manhã? — Ele estica o pescoço para dar uma olhada nela, ainda sentada à mesa. — Às vezes, ela come meu pudim.

— Ei — eu digo, agarrando seus ombros. — Olhe para mim.

James se vira para me encarar.

— O que há de errado, Addie? — ele procura os meus olhos. — Você não vai morrer, vai?

— Não sei — digo a ele. — Talvez, sim; talvez, não.

— Não fale assim — ele sussurra, baixando o olhar. — Não fale assim. Não é bom falar assim.

— James.

Ele ergue os olhos novamente, desta vez devagar.

Caio de joelhos e o puxo para perto, encostando a minha testa na dele. Estou olhando para o chão, e eu sei que ele também. Posso ouvir nossos corações acelerados no silêncio.

— Te amo — finalmente digo a ele. — Você sabe disso, não sabe? Você sempre vem em primeiro lugar. Tudo o que faço é para cuidar de você. Para te proteger. Para ter como te sustentar.

James assente.

– Você sempre vem primeiro – repito para ele. – É sempre você primeiro, e todos os outros em segundo lugar. E isso nunca vai mudar. Entendeu?

James faz que sim com a cabeça novamente. Uma lágrima cai no chão entre nós.

– Sim, Addie.

– Venha aqui – eu sussurro, puxando-o para meus braços. – Vai ficar tudo bem.

James agarra-se a mim. Fazia tempo que ele não agia assim, como uma criança, e fico feliz de ver isso. Às vezes, eu me preocupo que ele esteja crescendo rápido demais nesta porcaria de mundo, e, embora eu não saiba se conseguirei protegê-lo de tudo, ainda assim vale a pena tentar. Desde quando consigo me lembrar, ele é a única constante na minha vida. Acho que, se algo acontecesse a ele, eu ficaria destruído.

Nunca vou amar ninguém do jeito que amo esse garoto.

Quatro

Depois do café da manhã, o refeitório fica praticamente vazio. James teve de se reportar à Sala Segura com as outras crianças – e os idosos – que ficam para trás, e todos os outros estão se preparando para sair. Algumas famílias ainda estão se despedindo. Juliette e eu evitamos contato visual por alguns minutos. Ela está olhando para as mãos, estudando os dedos como se estivesse verificando se ainda estão lá.

– Porra, quem morreu?

Puta merda. Aquela voz. Aquele rosto.

Impossível.

– Cacete. Puta *merda*!

Fico em pé.

– Também é muito bom vê-lo, Kent.

Kenji sorri largamente e acena com a cabeça para mim. Ele está horrível. Olhos cansados, rosto pálido, mãos trêmulas segurando a mesa. E, o pior, já está vestido para batalha, como se realmente achasse que está pronto para lutar.

– Está pronto para arrebentar hoje?

Ainda estou olhando para ele com espanto, tentando encontrar uma maneira de responder, quando Juliette se sobressalta e praticamente o derruba. Só um abraço, na verdade, mas espere aí.

Um pouco cedo demais para isso, na minha opinião.

— Nossa... Oi... Obrigado, sim... Isso... É... — Kenji raspa a garganta.

Ele tenta parecer indiferente, mas é claro que está tentando se afastar de Juliette, e, sim, ela percebe. Ela se entristece e seu rosto fica pálido, com os olhos arregalados. Coloca as mãos atrás das costas, embora esteja usando luvas. Não há nenhuma ameaça de fato para Kenji, mas entendo a hesitação dele.

O cara quase morreu. Tentou apartar uma briga e, ao mesmo tempo, Juliette também — e, *bam,* ele caiu num instante. Foi muito assustador e, embora eu saiba que Juliette não teve a *intenção* de fazer aquilo, não tinha outra explicação. Só podia ter sido ela.

— Ei, é… Talvez você devesse passar um tempo sem tocar em mim, que tal?

Kenji sorri — de novo, dando uma de cara legal —, mas não cola.

— Ainda não estou totalmente recuperado.

Juliette parece tão envergonhada que parte meu coração. Ela está se esforçando para parecer bem — para lidar bem com aquela merda toda —, mas às vezes é como se o mundo simplesmente não permitisse. Os obstáculos continuam aparecendo, e ela continua se magoando. Eu odeio ver isso.

Tenho que dizer algo.

— Não foi ela — digo a Kenji, lançando um olhar duro para ele. — *Deixe-a em paz* — eu murmuro. — Você sabe que ela nem tocou em você.

— Para dizer a verdade, eu não tenho como saber — diz Kenji, ignorando as minhas dicas sutis para mudar de assunto. — E não a estou culpando. Só estou dizendo que talvez Juliette esteja projetando e não tenha percebido, entendeu? Porque, no meu entendimento, não existe outra explicação para o que aconteceu ontem à noite. Certamente não foi você – ele me diz. – E, puta merda, pelo que sabemos, essa coisa do Warner ser capaz de tocar em Juliette pode ser só um golpe de sorte. Ainda não sabemos nada sobre ele. – Uma pausa. – Certo? A não ser que Warner tenha tirado algum coelho mágico do próprio rabo enquanto eu estava ocupado sendo morto ontem à noite...

Faço uma careta. Desvio o olhar.

– Entendi – diz Kenji. – Foi o que imaginei. Então, acho que é melhor, exceto se absolutamente necessário, eu ficar longe. – Ele se vira para Juliette. – Não é? Sem ofensa, certo? Quero dizer, eu quase acabei de morrer. Acho que você devia me dar um desconto.

– Sim, é claro – Juliette diz calmamente.

Ela tenta rir um pouco, mas não dá certo. Gostaria de poder consolá-la; de poder abraçá-la. Quero protegê-la, quero ser capaz de cuidar dela, mas parece impossível naquele momento.

– Mas *enfim* – diz Kenji. – Quando partimos?

Isso chama a minha atenção.

– Você é louco – acuso. – Você não vai a lugar nenhum.

– O seu rabo que não vou.

– Você mal consegue parar em pé.

– Preferiria morrer lá fora a ficar sentado aqui como um idiota.

– Kenji... – Juliette tenta dizer.

– Ei, chegou aos meus ouvidos, por um telefone sem fio infinito, que Warner deu o fora daqui ontem à noite. – Kenji olha para nós. – Que história é essa?

— Sim — eu falo, perdendo qualquer resquício de bom humor. — Ninguém entendeu. Nunca achei boa ideia mantê-lo como refém aqui. Confiar nele foi uma ideia ainda mais idiota.

Kenji arqueia uma sobrancelha para mim.

— Então primeiro você insulta a minha ideia, depois insulta a de Castle, é isso?

— Foram apostas ruins — respondo, recusando-me a recuar. — Ideias ruins. Agora temos que pagar por isso.

Foi ideia de Kenji fazer Warner de refém, e ideia de Castle deixá-lo sair do quarto. E agora estávamos todos pagando por isso. Às vezes acho que essa rebelião é liderada por um bando de imbecis.

— Bem, como eu poderia imaginar que Anderson estaria tão disposto a deixar o próprio filho apodrecer no inferno?

Estremeço involuntariamente.

A lembrança do meu pai e do que ele estaria disposto a fazer ao próprio filho é demais para mim. Engulo de volta a bile subindo pela minha garganta.

Kenji percebe.

— Ah, ei, foi mal, cara... Não quis dizer isso...

— Esqueça — eu o corto. Estou feliz que Kenji não esteja morto, mas às vezes quero esmurrar a cara dele. — Acho melhor você voltar para a ala médica. Não demoraremos a partir.

— Não vou a lugar nenhum que não seja lá fora.

— Kenji, por favor... — Juliette pede novamente.

— Nada disso.

— Você não está sendo racional. Isso não é uma brincadeira — ela insiste. — Pessoas vão morrer hoje.

Kenji ri dela.

— Desculpa, mas você está tentando *me* ensinar sobre as realidades da guerra? — Ele balança a cabeça. — Está esquecendo que fui um soldado no exército de Warner? Tem ideia de quantas coisas insanas eu já vi? – Ele gesticula para mim. – Sei exatamente o que esperar hoje. Warner era *louco*. Se Anderson tiver o dobro da insanidade do filho, então estamos entrando em uma batalha *muito* sangrenta. Não posso deixá-los sozinhos lá fora.

Juliette fica paralisada, seus lábios entreabertos, os olhos arregalados e horrorizados. Sua reação parece um pouco exagerada.

Definitivamente, há algo de errado com ela hoje.

Sei que parte do que ela está sentindo tem a ver com Kenji, mas de repente já não tenho certeza se há outra coisa também. Algo que ela não está me dizendo.

Não consigo interpretá-la claramente.

Bem, para falar a verdade, sinto que já faz um tempo que não sou capaz de interpretá-la.

– Ele era tão ruim assim…? – Juliette pergunta.

– Quem? – Kenji e eu perguntamos ao mesmo tempo.

– Warner – ela diz. – Ele era tão implacável assim?

Jesus, ela está obcecada. Parece cultivar uma estranha fascinação pela vida perversa dele; uma fascinação que eu não entendo e que me deixa louco. Consigo sentir que estou ficando zangado, irritado – *ciumento*, até –, o que é ridículo. Nem humano Warner é; eu não deveria me comparar com ele. Além disso, ela não faz o tipo dele. Ele a devoraria viva.

Kenji, porém, não parece ver problema nenhum. Está gargalhando tanto que chega a fungar.

– Implacável? Juliette, aquele cara é doente. É um animal. Acho que ele nem sabe o que é ser humano. Se existir um inferno, acho que foi criado especialmente para ele.

Espio a expressão no rosto de Juliette pouco antes de ouvir os passos no corredor. Todos trocamos olhares, mas encaro Juliette por um segundo mais, desejando poder ler sua mente. Não tenho ideia do que está pensando ou de por que ainda parece horrorizada. Quero conversar com ela em particular – descobrir o que está acontecendo. Mas quando Kenji acena para mim, sei que preciso desanuviar meus pensamentos.

É hora de ir.

Nós nos posicionamos.

– Ei... então... Castle sabe o que você está fazendo? – pergunto a Kenji. – Não acho que ele ia gostar de ver você indo com a gente hoje.

– Castle quer que eu seja feliz – diz Kenji. – E não vou ser feliz ficando aqui. Tenho trabalho a fazer. Pessoas a salvar. Mulheres para impressionar. Ele respeitaria isso.

– E todos os outros? – Juliette pergunta. – Todo mundo ficou muito preocupado com você... Já viu o pessoal? Para pelo menos avisar que está bem?

– Nem – Kenji diz. – Eles provavelmente vão ficar se cagando se souberem que vou com vocês. Achei mais seguro manter a discrição. Não quero fazer o pessoal surtar. E Sonya e Sara, coitadas, elas enfrentaram um verdadeiro inferno. Por minha culpa estão tão exaustas e continuam falando sobre ir para a guerra hoje. Querem lutar, mesmo que tenham muito trabalho a fazer quando acabarmos com o exército de Anderson. Tentei convencê-las a ficar, mas elas sabem ser muito teimosas. Precisam poupar suas forças – ele diz – e já desperdiçaram demais comigo.

– Não é um *desperdício* – ela diz.

– Enfiiiim... – Kenji diz. – Será que podemos ir? Sei que você está super a fim de caçar Anderson. – Ele vira para mim. – Mas pessoalmente? Adoraria pegar Warner. Enfiar uma bala naquele merdinha que não vale nada e acabar logo com ele.

Estou quase caindo na risada – finalmente alguém que concorda comigo –, quando vejo Juliette se inclinando para a frente. Ela logo recupera o equilíbrio, mas está piscando depressa e respirando com força, com os olhos voltados para o teto.

– Ei, você está bem? – Eu a puxo de lado e examino seu rosto. Às vezes ela me assusta pra valer. Me preocupo com ela quase tanto quanto me preocupo com James.

– Estou bem – ela repete vezes demais. Assentindo e balançando a cabeça sem parar. – Só não dormi muito bem ontem à noite, mas vou ficar bem.

Eu hesito.

– Tem certeza?

– Absoluta – ela diz. E agarra minha camisa, com intensidade nos olhos. – Ei… E você tome cuidado lá fora, ok?

Faço que sim, cada vez mais confuso.

– Pode deixar. Você também.

– Vamos, vamos, vamos! – Kenji nos interrompe. – Hoje é nosso dia de morrer, damas.

Relaxo e dou um cutucão nele. É bom tê-lo ali para quebrar a monotonia.

Kenji dá um soco de brincadeira no meu braço.

– Ah, agora você deu para abusar dos convalescentes, é?

Rio e faço um gesto obsceno para ele.

– Então agora você tá zombando de um enfermo, né? Guarde a sua raiva para o campo de batalha, irmão. Você vai precisar.

Cinco

Está caindo uma puta chuva.
Está uma merda de um tempo frio, úmido e lamacento. Que ódio. Faço uma careta para Kenji e Juliette, com inveja de suas roupas extravagantes. Elas garantem proteção contra aquele clima louco de inverno. Deveria ter pedido uma.
Estou congelando até os ossos.
Estamos na clareira, no trecho aberto da entrada do Ponto Ômega, e quase todo mundo já se espalhou. Nossa única estratégia de defesa é a guerrilha, por isso somos divididos em grupos. Eu; um Kenji doente, que mal consegue andar direito; e Juliette (que oficialmente se trancou em sua própria cabeça hoje): *esta* é a nossa equipe.
Sim, estou definitivamente preocupado.
Enfim, pelo menos Kenji está fazendo seu trabalho: já estamos invisíveis, mas agora é hora de encontrar a ação e nos juntarmos a ela. O som de tiros ressoa alto e claro, então já temos uma direção para seguir. Ninguém fala nada, mas já conhecemos as regras: nós lutamos para proteger os inocentes e para sobreviver. Só isso.
A chuva está mesmo atrapalhando. Está caindo mais forte e mais rápido agora, batendo no meu rosto e embaçando a minha

visão. Mal consigo enxergar. Tento limpar a água dos olhos, mas não adianta. É água demais.

Sei que estamos chegando mais perto dos complexos, pois isso, ao menos, eu consigo ver: o contorno dos edifícios entra em foco. Me sinto animado. Estou armado até os dentes e pronto para lutar – pronto para fazer o que for necessário para derrubar o Restabelecimento –, mas não vou mentir: ainda estou um pouco preocupado por termos uma falha na equipe.

Juliette nunca fez isso antes.

Se dependesse de mim, ela estaria na base com James, onde eu sei que ficaria segura, mas ela não me daria ouvidos mesmo se eu implorasse. Kenji e Castle estão sempre jogando lenha na fogueira e não deveriam, sabe por quê? Porque é perigoso. Não é bom instigá-la a pensar que pode fazer esse tipo de coisa quando, na verdade, ela pode acabar sendo morta. Juliette não é um soldado, não sabe lutar e não tem ideia de como usar seus poderes – não de fato, o que torna tudo ainda pior. É basicamente como dar dinamite a uma criança e mandá-la entrar em um incêndio.

Então, sim, estou preocupado. Realmente preocupado que algo possa acontecer a ela. E com a gente, por extensão.

Mas ninguém nunca me escuta, então aqui estamos.

Suspiro e sigo em frente, irritado, até ouvir um grito agudo ao longe. Alerta máximo. Kenji aperta minha mão e eu aperto de volta, para que ele saiba que eu estou entendendo.

Os complexos estão bem à nossa frente, e Kenji nos puxa até ficarmos rentes à parede posterior de uma unidade. A beira do telhado nos protege da chuva. Esse dia chuvoso só pode ser azar meu. Minhas roupas estão tão molhadas que sinto como se tivesse mijado nas calças.

UNIFICA-ME

Kenji me dá uma cotovelada, de leve, e retomo a atenção. Ouço o som de uma porta se abrindo e fico alerta; pego minha arma automaticamente. Parece que já passei por isso um milhão de vezes, mas nunca me acostumo.

– É a última! – grita uma voz. – Ela estava se escondendo aqui fora.

Um soldado está arrastando uma mulher para fora de sua casa, e ela não para de gritar. Meu coração acelera e aperto a arma com mais força. É doentia a forma como alguns soldados tratam os civis. Entendo que ele esteja cumprindo ordens – realmente entendo –, mas a pobre mulher está implorando misericórdia e ele continua a arrastá-la pelos cabelos e gritando para ela se calar.

Kenji mal está respirando ao meu lado. Olho na direção de Juliette antes de perceber que ainda estamos invisíveis e, quando viro a cabeça, vejo outro soldado. Ele corre do outro lado do campo e dá um sinal para o primeiro. Não é o tipo de sinal que eu esperava.

Merda.

– Jogue-a com todos os outros – o outro soldado diz agora. – Aí reportamos essa área como limpa.

De repente, ele desaparece na esquina e não sobra ninguém além de nós, um soldado e a senhora que ele mantinha como refém. Outros soldados devem ter prendido os civis restantes antes de chegarmos ali.

Então a mulher perde a cabeça. Ela está completamente histérica e não parece mais ter controle sobre seu corpo. Tornou-se um animal, gritando e arranhando e se debatendo, tropeçando nos próprios pés. Ela está perguntando pelo marido e pela filha, e eu quase tenho que fechar os olhos. É difícil assistir a essas cenas quando já sei o que está para acontecer. A guerra nunca fica mais fácil quando você não concorda com o que está acontecendo. Às vezes eu me permito ficar animado com a ida para a batalha, tento me convencer de que estou fazendo algo que vale a pena, mas lutar contra outro soldado é muito mais fácil do que lidar com uma senhora que está prestes a testemunhar a filha sendo morta com um tiro na cabeça.

Juliette provavelmente vai vomitar.

A ação está tão perto de nós agora que, por instinto, eu pressiono as costas contra a parede, esquecendo novamente que estamos invisíveis. O soldado agarra a senhora e bate seu corpo contra o exterior da unidade, e sinto nós três surtando coletivamente por um segundo, mas nos acalmando bem a tempo de assistir ao soldado pressionar o cano de sua arma no pescoço da senhora e dizer:

— Se você não calar a boca, vou atirar em você agora mesmo.

Que cretino.

A senhora desmaia.

O soldado não parece se importar. Ele a puxa para fora de vista — na mesma direção para a qual foi seu colega — e essa é a nossa deixa para seguirmos em frente. Posso ouvir Kenji praguejando em voz baixa. Ele é sensível, esse cara. Sempre foi mole quando se tratava dessas coisas. Eu o conheci em uma de nossas rondas; quando voltamos, Kenji perdeu a cabeça. Perdeu completamente. Eles o colocaram em confinamento solitário por um tempo, e, desde então, ele passou a manter seus colapsos emocionais sob controle. A maioria dos soldados sabe que não deve reclamar em voz alta. Eu deveria ter percebido naquele momento que Kenji não era realmente um de nós.

Estremeço de frio.

Ainda estamos seguindo o soldado, mas é difícil ficar muito perto dele nessa condição climática. A visibilidade está baixa, e o vento está soprando a chuva com tanta força que é quase como se estivéssemos presos em um furacão. A coisa vai ficar feia muito rapidamente.

Então, uma vozinha:

– O que você acha que está acontecendo?

Juliette.

Claro que ela não tem ideia do que está acontecendo – por que teria?

A coisa mais inteligente a fazer seria escondê-la em algum lugar. Mantê-la segura. Longe do perigo. Um elo fraco pode destruir tudo, e não acho que seja a hora de arriscar, mas Kenji, como sempre, não parece concordar. Pelo jeito, ele não se importa em reservar alguns minutos para transmitir a Juliette um tutorial sobre estar em guerra no Setor 45.

– Eles estão capturando os reféns – explica Kenji. – Estão agrupando as pessoas para matar todas de uma vez.

– Aquela mulher... – diz Juliette.

– Sim – Kenji a interrompe. – Sim – ele repete. – Ela e qualquer outra pessoa que eles pensem que possa estar ligada aos protestos. Eles não matam apenas os incitadores. Matam os amigos e os familiares também. É a melhor maneira de manter o povo na linha. Assustar os poucos que ainda estão vivos.

Tenho que me meter antes que Juliette faça mais perguntas. Aqueles soldados não vão esperar pacientemente que cheguemos lá – temos que agir agora e precisamos de um plano.

– Tem de haver uma maneira de tirá-los de lá – eu digo. – Talvez possamos atingir os soldados no comando...

– Sim. Mas, ouça, vocês sabem que vou ter que deixar vocês, não sabem? – Kenji pergunta. – Já estou meio que perdendo a força; minha energia está se esvaindo mais rápido do que o normal. Então vocês ficarão visíveis. Serão alvos mais claros.

— Mas que outra escolha nós temos? – pergunta Juliette.

Ela parece James. Procuro minha arma, flexionando e abrindo os dedos em torno dela. Precisamos ir.

Precisamos ir agora.

— Podemos tentar derrubá-los em estilo sniper – diz Kenji. – Não precisamos entrar em combate direto. Temos essa opção – ele faz uma pausa. – Juliette, você nunca esteve nesse tipo de situação antes. Quero que saiba que respeitaria sua decisão de ficar fora da linha de fogo. Nem todo mundo tem estômago para o que vamos ver se seguirmos esses soldados. Não há vergonha ou culpa nenhuma nisso.

Sim. Ótimo. Deixe-a ficar onde não vai se machucar.

— Vou ficar bem – ela diz.

Praguejo baixinho.

— Só… Bem… Não tenha medo de usar suas habilidades para se defender – diz Kenji. Ele também parece ficar nervoso perto dela. – Sei que você fica toda estranha quando se trata de machucar pessoas e tal, mas esses caras não estão de brincadeira. Eles *vão* tentar te matar.

— Tá bom – diz Juliette. – Sim. Vamos.

Seis

Juliette não deveria estar vendo isso.

Seis soldados cercaram quase trinta civis – uma mistura de homens, mulheres e crianças – para matá-los. É, basicamente, um pelotão de fuzilamento. Vão distribuir tiros por fileira, *pop-pop-pop*, e, em seguida, arrastar os corpos para longe. Jogá-los no incinerador. Limpar a sujeira, simples assim.

É nojento.

No entanto, não sei bem por que os soldados estão esperando. Talvez precisem da aprovação final de algum comando remoto, mas há um pequeno atraso enquanto eles conversam entre si. Está chovendo torrencialmente, então pode ter algo a ver com isso. Talvez eles nem estejam enxergando os alvos. Devemos aproveitar essa oportunidade. No fim das contas, o clima pode nos ajudar.

Semicerro os olhos contra a chuva e para ver as pessoas melhor, tentando com todas as forças não perder a cabeça. Elas não estão na melhor das situações, e eu também não, para ser sincero. Algumas parecem histéricas, e me pergunto como agiria se estivesse ali. Talvez eu ficasse como aquele cara do meio, parado com absolutamente nenhuma expressão no rosto. Ele parece quase aceitar o que vai acontecer e, de alguma forma, sua certeza me atinge com ainda mais força do que as lágrimas.

Um tiro ressoa.

Merda.

Um cara na extrema esquerda cai no chão e eu tremo de raiva. Essas pessoas precisam da nossa ajuda. Não podemos simplesmente assistir a trinta pessoas inocentes e desarmadas sendo mortas quando poderíamos encontrar uma maneira de salvá-las. *Deveríamos agir*, mas cá estamos, por alguma razão idiota que não consigo entender, ou porque Juliette está com medo ou porque Kenji está doente, e acho que a verdade é que somos apenas um bando de adolescentes de merda, dois dos quais mal conseguem ficar em pé ou usar uma arma. Isso é inaceitável. Estou prestes a dizer algo – estou prestes a gritar, na verdade – quando Kenji solta minha mão.

Já era hora.

Seguimos em frente e minha arma já está empunhada, mirando. Eu vejo o soldado que disparou o primeiro tiro e sei que preciso atirar; não há espaço para hesitação. Tenho sorte: ele cai na mesma hora. Mais cinco soldados para eliminar – soldados que eu espero não conhecer –, e faço o meu melhor, mas não é fácil. Foi pura sorte ter acertado meu primeiro alvo; é quase impossível atirar bem sob a tempestade. Mal consigo enxergar para onde estou indo, muito menos para onde estou atirando, mas me jogo no chão bem a tempo de desviar de uma bala perdida. Ao menos, o aguaceiro também dificulta o trabalho deles contra a gente.

Kenji está fazendo milagres acontecerem hoje.

Ele está invisível agora e trabalhando rápido. Conseguindo manter-se afiado apesar de estar ferido. Age como o vento, derrubando três soldados de uma vez. Faltam dois soldados, que ficam distraídos pela coreografia de Kenji apenas por tempo suficiente

UNIFICA-ME

para eu atingir um. Agora falta só mais um, e estou prestes a derrubá-lo também quando vejo Juliette atirar nele pelas costas.

Nada mal.

Kenji então reaparece e começa a berrar para os civis para nos seguirem de volta ao abrigo, e Juliette e eu nos juntamos a eles, fazendo o que podemos para colocá-los em segurança o mais rápido possível. Existem algumas construções ainda de pé que devem servir neste momento. Os civis podem entrar ali e sair da batalha, bem como da tempestade formada no céu. E, mesmo que sua gratidão seja tocante, não podemos parar para falar com eles. Temos de devolvê-los às suas casas e, em seguida, seguir em frente.

É assim que sempre fiz.

Sempre me movendo adiante.

Olho para Juliette enquanto corremos, perguntando-me como ela está enfrentando tudo isso, e, por um segundo, fico confuso; não consigo dizer se ela está chorando ou se é apenas a chuva escorrendo por seu rosto, mas espero que ela fique bem. Vê-la tendo de lidar com essa situação me mata. Queria que ela não precisasse passar por nada disso.

Estamos correndo novamente, cruzando os complexos de prédios para os quais devolvemos os civis. Esta foi apenas uma parada no caminho para nosso destino; nem mesmo chegamos ao campo de batalha ainda, onde os homens e as mulheres do Ponto Ômega já estão tentando impedir que soldados do Restabelecimento massacrem civis inocentes. As coisas estão prestes a ficar muito, muito piores.

Kenji está nos guiando pela paisagem semidestruída. Sei que estamos nos aproximando da ação porque agora vemos muito mais devastação: unidades habitacionais caindo aos pedaços em meio às chamas, seus destroços espalhados por toda parte. Sofás rasgados e lâmpadas quebradas, roupas e sapatos e corpos caídos, sendo pisoteados. Os complexos parecem se estender até o horizonte e, quanto mais longe vamos, mais feios ficam.

– Estamos perto! – eu grito para Kenji.

Ele acena com a cabeça e fico surpreso ao ver que ele conseguiu me ouvir. Escuto um som familiar.

– Tanques! – grito para ele. – Ouviu isso?

Kenji me lança um olhar sombrio e acena com a cabeça.

– Vamos rápido! – ele diz, gesticulando. – Não estamos longe agora!

É uma luta para chegar à luta, o vento assobiando forte em nossos ouvidos e batendo sem piedade em nossos rostos, gotas de chuva raivosas caindo sobre a nossa pele, encharcando nossos cabelos. Estou congelado até os ossos, mas não há tempo para me incomodar com isso. A adrenalina é o suficiente por ora.

A terra treme sob nossos pés quando um som estrondoso explode no céu. Em um instante, o horizonte está em chamas, o fogo rugindo a distância. Alguém está jogando bombas, e isso significa que já estamos ferrados. Meu coração bate rápido e forte, e eu nunca admitiria isso em voz alta, mas estou começando a ficar nervoso.

Olho para Juliette novamente. Sei que ela deve estar com medo, e quero tranquilizá-la – dizer que tudo vai ficar bem –, mas ela não olha na minha direção. Está em outro mundo, seus olhos frios e afiados, focados no fogo ao longe. Ela parece diferente; um pouco assustadora, até. Isso me preocupa ainda mais.

Estou prestando tanta atenção nela que quase tropeço; o solo está escorregadio e estou com lama até os tornozelos. Vou puxando as pernas conforme avançamos, a arma firme nas mãos, e me concentro. É isso. É aqui que as coisas ficarão sérias, e eu conheço a guerra o suficiente para ser honesto comigo mesmo: posso entrar naquele campo de batalha com o coração batendo e ser arrastado para fora dele sem vida.

Respiro fundo enquanto nos aproximamos, três crianças invisíveis caminhando pelos complexos. Caminhamos por cima de unidades derrubadas, vidros quebrados de janelas estilhaçadas; desviamos do lixo espalhado e tentamos não ouvir o barulho das pessoas gritando. E eu não sei o que se passa pela cabeça dos outros, mas, da minha parte, estou fazendo o melhor para lutar contra a vontade de dar meia-volta e retornar correndo para onde começamos.

De repente, James é a única pessoa na minha cabeça.

Sete

Merda.

É pior do que eu imaginava. Há corpos caídos por toda parte, empilhados e sangrando uns sobre os outros. É quase impossível distinguir braços de pernas, inimigos de aliados. Sangue e chuva misturam-se e inundam o solo, e, de repente, minhas botas ficam escorregadias com a lama e o sangue de pessoas – vivas ou mortas, não sei.

Leva apenas uma fração de segundo para os combatentes inimigos perceberem que somos recém-chegados ao campo de batalha, e, quando percebem, não hesitam. Já estamos sob cerco, olho para trás a tempo de ver Juliette e Kenji ainda avançando antes que eu sinta algo afiado bater nas minhas costas. Me viro e, com um estalo agudo, quebro a mandíbula do soldado. Ele se curva e pega sua arma, mas eu me antecipo. Agora ele está desanimado e já estou passando para o próximo.

Estamos todos tão apinhados que o combate corpo a corpo parece inevitável; eu me abaixo para evitar um gancho de direita; em seguida, dou um soco no estômago do soldado adversário que cruza meu caminho, pegando uma faca do meu cinto para seguir adiante. Para dentro, para cima, viro e pronto: arranco a faca de seu

UNIFICA-ME

peito enquanto ele cai. Alguém me ataca por trás e eu me viro para encontrá-lo quando, de repente, ele tosse sangue e cai de joelhos.

Kenji salvou minha pele.

Ele está em ação e movendo-se bem, ainda não permitindo que seu ferimento o incapacite. Estamos lutando juntos, ele e eu, e posso sentir seus movimentos ao meu lado. Gritamos avisos um para o outro, ajudando-nos quando podemos, e estamos indo bem, abrindo caminho no meio dessa loucura, quando ouço Kenji gritando meu nome, sua voz assustada e urgente.

De repente, fico invisível. Kenji está gritando comigo sobre Juliette, e eu não sei bem o que está acontecendo, estou surtando mas sei que agora não é hora de fazer perguntas. Lutamos para seguir em frente e voamos em direção à estrada, a voz de Kenji em pânico me dizendo que ele viu Juliette cair e ser arrastada para longe, e isso é tudo que preciso ouvir. Estou em parte furioso e em parte apavorado, as duas emoções travam uma batalha na minha mente.

Eu sabia que isso podia acontecer.

Sabia que ela nunca deveria ter vindo conosco. Sabia que ela deveria ter ficado para trás. Ela não tinha sido feita para isso – não é forte o bastante para um campo de batalha. Estaria muito mais segura se tivesse ficado para trás. *Por que ninguém nunca me escuta?*

Merda.

Quero gritar.

Quando chegamos à estrada, Kenji me puxa de volta e, embora estejamos sem fôlego e mal possamos falar, avistamos Juliette enquanto ela é carregada para a parte de trás de um tanque, seu corpo mole e pesado enquanto eles a arrastam para dentro.

A operação acaba em segundos. Eles já estão indo embora.

Juliette foi capturada.

Sinto meu peito sendo rasgado.

Kenji está com a mão firme no meu ombro e eu percebo que estou dizendo "Meu Deus, meu Deus" sem parar quando ele tem a decência de colocar algum senso em mim.

– Controle-se – diz ele. – Precisamos ir atrás dela!

Minhas pernas estão bambas, mas sei que Kenji está certo.

– Para onde você acha que eles foram?

– Provavelmente a estão levando de volta para a base…

– Droga. É claro! Warner…

– Quer ela de volta – Kenji concorda. – Essa provavelmente foi a equipe que ele enviou para buscá-la – xinga baixinho e conclui: – O único lado bom disso é que sabemos que ele não a quer morta.

Cerro os dentes para não perder mais a cabeça.

– Ok. Então, vamos.

Jesus, mal posso esperar para colocar as mãos naquele psicopata. Vou gostar de matá-lo. Devagar. Cuidadosamente. Cortando-o em pedacinhos, um dedo de cada vez.

Mas Kenji hesita e fico olhando para ele.

– O quê? – eu pergunto.

– Não estou conseguindo projetar, mano. Minha energia está esgotada. – Ele suspira. – Sinto muito. Meu corpo está exausto.

Merda.

– Plano B?

– Podemos desviar das estradas principais – diz ele. – Pegar o caminho de volta e ir para a base por conta própria. Seria mais fácil se rastreássemos o tanque, mas, se fizermos isso, ficaremos bem à vista. A decisão é sua.

Faço uma careta.

– Sim, voto no plano que não vai me matar instantaneamente.

Kenji sorri.

UNIFICA-ME

– Certo, então. Vamos pegar nossa garota de volta.

– *Minha* garota – eu o corrijo. – Ela é minha garota.

Kenji bufa enquanto seguimos na direção das construções.

– Pois é. Tirando a parte de que ela não é sua garota. Não mais.

– Cala a boca.

– Á-há.

– Tanto faz.

Oito

Demora um pouco para voltarmos à base, porque temos de nos manter hiperconscientes da minha visibilidade. Ficamos mais lentos, prudentes e cuidadosos ao nos esgueirarmos por dentro e ao redor de unidades abandonadas a cada mais ou menos cem metros, para ter certeza de que o caminho está livre. Mas, quando finalmente nos aproximamos da base, a coisa toda acelera.

Não fomos os únicos a fazer o caminho de volta. Castle, Ian, Alia e Lily piraram quando nos viram; estavam escondidos dentro de uma unidade que pensávamos estar vazia. Pularam em nós de trás de uma cama, o que quase me fez mijar nas calças. Nós só tivemos um momento para explicar o que tinha acontecido antes que Castle contasse sua própria história.

Eles conseguiram resgatar Brendan e Winston, tirando-os do Setor 45, como havia sido planejado originalmente. Os dois, porém, estavam em estado grave quando Castle os encontrou.

– Achamos que eles ficarão bem – diz Castle –, mas temos de levá-los às meninas o mais rápido possível. Espero que elas possam ajudar.

— As garotas estão no campo de batalha – diz Kenji, com os olhos arregalados. – Não tenho ideia de onde. Elas insistiram em lutar hoje.

O rosto de Castle contrai-se e, embora não diga em voz alta, está claro que de repente ficou muito preocupado.

— Onde eles estão agora? – eu pergunto. – Brendan e Winston?

— Escondidos – diz Castle.

— O quê? – Kenji olha em volta. – Por quê? Por que não estão sendo levados de volta ao Ponto Ômega?

Castle empalidece.

É Lily quem fala.

— Ouvimos rumores na base quando fomos libertá-los. Rumores sobre o que os soldados fariam a seguir.

— Eles estão se mobilizando para um ataque aéreo – Ian interrompe. – Acabamos de saber que vão bombardear o Ponto Ômega. Ainda estávamos tentando descobrir o que deveríamos fazer quando ouvimos alguém chegando e viemos correndo para cá – ele acena com a cabeça – para nos esconder.

— O quê? – Kenji entra em pânico. – Mas... Como você...

— É definitivo – diz Castle. Seus olhos estão fundos e torturados. Apavorados. – Eu mesmo ouvi as ordens. Eles querem atacar com poder de fogo suficiente para que tudo no subsolo desabe.

— Mas, senhor, ninguém sabe a localização exata do Ponto Ômega, não é possível...

— É possível, sim – diz Alia.

Nunca a ouvira falar antes e fico surpreso com a suavidade de sua voz. Ela continua:

— Eles arrancaram a informação de alguns dos nossos, torturando-os.

— No campo de batalha – explica Ian. – Pouco antes de matá-los.

Kenji parece que vai vomitar.

– Temos que ir agora – ele diz, com a voz alta e afiada. – Temos que tirar todos de lá... Todos aqueles que deixamos para trás...

E é só aí que me dou conta.

– *James.*

Não reconheço minha própria voz. O horror, o pânico, o pavor inundam meu corpo de um jeito que nunca senti antes – que jamais conheci antes. Não daquela forma.

– Precisamos salvar James!

Estou gritando agora, e Kenji tenta me acalmar, mas dessa vez não escuto. Não me importo se tiver de ir sozinho; vou tirar o meu irmão daquele lugar.

– Vamos! – eu berro para Kenji. – Precisamos conseguir um tanque e voltarmos para a base o mais rápido possível...

– Mas e Juliette? – Kenji pergunta. – Talvez possamos nos dividir... Posso voltar para o Ponto com Castle e Alia, enquanto você fica aqui com Ian e Lily...

– Não, eu preciso buscar James. Preciso estar lá. Eu é que preciso ir até ele...

– Mas Juliette...

– Você mesmo falou que Warner não vai matá-la... Ela ficará bem por algum tempo, mas agora eles vão explodir o Ponto Ômega pelos ares, e James e todas as outras pessoas vão morrer. Precisamos voltar agora...

– E se eu ficar aqui e for atrás de Juliette, e vocês forem...

– Juliette vai ficar bem. Ela não corre risco imediato... Warner não vai machucá-la...

– Mas...

– Kenji, *por favor*! – Estou tão desesperado agora que já não me importo. – Precisamos da maior quantidade possível de pessoas no Ponto Ômega. Há muitas pessoas para trás, e elas não terão chance alguma se não formos salvá-las agora.

Kenji me encara por mais um momento antes de concordar.

— Vocês vão pegar Brendan e Winston — ele diz para Castle e para os outros três. — Kent e eu vamos conseguir um tanque e encontramos vocês aqui. Faremos tudo o que pudermos para voltar ao Ponto o mais rápido possível.

No segundo em que todos vão embora, agarro Kenji pelo braço.

— Se alguma coisa acontecer com James...

— Vamos fazer tudo o que pudermos, eu prometo...

— Isso não basta para mim... Preciso buscá-lo... Preciso ir agora...

— Você *não pode* ir assim — Kenji interrompe. — Guarde a sua estupidez para depois, Kent. Agora, mais do que nunca, você precisa manter o controle. Se enlouquecer e voltar ao Ponto a pé, sem cuidar da própria segurança, será morto antes mesmo de chegar lá, e qualquer chance de salvar James estará perdida. Quer seu irmão caçula vivo? Então não se mate tentando salvá-lo.

Sinto que minha garganta está fechando.

— Ele não pode morrer — digo, a voz falhando. — Não posso ser a razão pela qual ele vai morrer, Kenji... Não posso...

Kenji pisca rápido, reprimindo sua própria emoção.

— Eu sei, cara, mas não posso pensar assim agora. Precisamos seguir em frente...

Kenji ainda está falando, mas eu mal posso ouvi-lo.

James.

Meu Deus.

O que foi que eu fiz.

Nove

Não tenho ideia de como todos nós caberemos no tanque. Somos oito pessoas amontoadas em um espaço diminuto, umas no colo das outras, mas ninguém parece se importar. A tensão está tão forte que parece ser uma presença a mais ali, ocupando um espaço que não temos. Mal consigo pensar com clareza.

Estou tentando respirar, tentando ficar calmo, mas não consigo.

Os aviões estão nos sobrevoando, e sou tomado por um mal-estar que não consigo explicar. É mais profundo que o meu estômago. Maior que o meu coração. Mais sufocante que a minha mente. É como se o medo me tivesse tomado por inteiro; ele veste o meu corpo como se fosse um velho paletó.

Medo é tudo o que me resta.

Acho que todos nos sentimos assim. Kenji está dirigindo o tanque, ainda capaz de agir diante de tudo aquilo, mas ninguém mais se mexe. Ninguém fala nada. Ninguém respira alto.

Estou tão nauseado.

Meu Deus, meu Deus.

Dirija mais rápido, quero dizer, mas não digo. Não sei se quero acelerar ou ir mais devagar. Não sei o que vai doer mais. Vi minha própria mãe morrer e, sabe-se lá como, não doeu tanto quanto agora.

UNIFICA-ME

Acabo vomitando.

Sobre os tapetes no piso.

O corpo morto do meu irmão de dez anos.

Estou engasgado, limpando a boca na camisa.

Vai doer quando ele morrer? Ele vai sentir? Será morto instantaneamente ou será empalado – ferido, torturado – e morrerá lentamente? Sangrará até a morte sozinho? Meu irmão de dez anos?

Estou me apoiando no painel de controle com firmeza, tentando acalmar meu coração, minha respiração. É impossível. As lágrimas rolam rapidamente agora, meus ombros chacoalham, meu corpo se estilhaça. Os aviões soam mais e mais alto e mais e mais perto. Consigo ouvir agora. Todos nós conseguimos ouvir.

Ainda nem estamos lá.

Ouvimos as bombas explodirem ao longe, e é então que sinto meus ossos se fragmentando, pequenos terremotos me destruindo.

O tanque para.

Não há mais como continuar. Não há ninguém a quem recorrer e nada a fazer, e todos nós sabemos disso. As bombas continuam caindo. Ouço as explosões ecoando os sons dos meus soluços, altos e ofegantes no silêncio. Não tenho mais nada agora.

Não sobrou nada.

Nada tão precioso quanto minha própria carne e meu sangue.

Acabo de apoiar a cabeça nas mãos quando um grito perfura o silêncio.

– Kenji! Veja!

É Alia, gritando no banco de trás enquanto abre a porta e pula para fora. Eu a sigo com os olhos e só então vejo o que ela viu, e levo apenas alguns segundos para sair pela porta e passar por ela, caindo de joelhos na frente da única pessoa que eu pensei que nunca mais veria.

Dez

Estou quase emocionado demais para falar.

James está parado na minha frente, soluçando, e não sei se estou sonhando.

– James? – ouço Kenji dizer.

Olho para trás e vejo que quase todo mundo já saiu do tanque.

– É você, amigão?

– Addie, me desculpe. – Ele soluça. – Sei que você disse... Você disse que não era para eu lutar... Mas eu não podia ficar para trás, tive que ir...

Eu o puxo para os meus braços, agarrando-o com força, mal conseguindo respirar.

– Queria lutar com você – ele gagueja. – Não queria ser um bebezinho. Q-queria ajudar...

– Shhhh – eu faço para ele. – Está tudo bem, James. Tudo bem. Estamos bem. Vai ficar tudo bem.

– Mas, Addie... – diz ele. – Você não sabe o que a-aconteceu... Tinha saído há pouco tempo e daí vi os a-aviões...

Eu o calo novamente e digo que está tudo bem. Que sabemos o que aconteceu. Que ele está seguro agora.

UNIFICA-ME

— Desculpe, não consegui te ajudar — ele fala, afastando-se para me olhar nos olhos, suas bochechas vermelhas e manchadas de lágrimas. — Sei que você disse que eu não deveria, mas eu q-queria muito ajudar...

Eu o pego no colo, embalando seu corpo nos meus braços enquanto o carrego de volta para o tanque, e só então percebo que a mancha molhada na frente de sua calça não é de chuva.

James deve ter ficado apavorado. Deve ter morrido de medo e, ainda assim, tinha escapado do Ponto Ômega porque queria ajudar. Porque queria lutar ao nosso lado.

Eu podia matá-lo por isso.

Mas, caramba, ele é uma das pessoas mais corajosas que já conheci.

Onze

Quando voltamos para o tanque, percebemos que não temos ideia do que fazer.

Não temos para onde ir.

Só agora vamos nos dando conta da gravidade do que aconteceu. Só porque consegui resgatar uma boa notícia dos destroços não significa que não haja muito pelo que se lamentar.

Castle está praticamente em coma.

Kenji é o único que ainda está tentando nos manter vivos. É o único a manter um senso de autopreservação, e acho que é *por causa* do Castle. Afinal, não temos mais um líder, então alguém precisava assumir a dianteira.

Mas, mesmo com Kenji fazendo o seu melhor para nos manter focados, poucos de nós estão respondendo. O desfecho do dia chegou muito mais veloz do que poderíamos esperar, e o sol está se pondo rapidamente, mergulhando todos nós na escuridão.

Estamos cansados, arrasados e incapazes de reagir.

Sono, ao que parece, é tudo o que nos resta.

Doze

James revira-se nos meus braços.

Acordo em um instante, piscando rápido e olhando ao redor. Vejo que todos os outros ainda estão dormindo. O sol desponta no horizonte, deixando escapar os primeiros raios, e a manhã está tão silenciosa e tão calma que parece impossível que haja algo errado.

A verdade, porém, volta rápido demais.

Meu peito pesado, a pressão nos pulmões, dor nas juntas e um gosto metálico na boca – lembranças do dia longo, da noite ainda mais longa, do menino aconchegado em meus braços.

Morte e destruição. Lascas de esperança.

Kenji nos levou a um local remoto e usou seu último pingo de força para tornar o tanque invisível pela maior parte da noite; era a única maneira de esperarmos fora da batalha e conseguir dormir por algumas horas. Não sei como aquele cara ainda está de pé. Ele é definitivamente muito mais forte do que eu imaginava.

O mundo ao nosso redor está assustadoramente calmo. Me viro um pouco e James fica alerta, levantando e disparando perguntas no momento em que abre a boca. Sua voz perturba a todos, acordando-os. Eu uso as costas da minha mão para esfregar meus olhos e ajustar James no meu colo, segurando-o perto de mim. Dou um beijo no topo de sua cabeça e peço que fique quieto.

— Por quê? — ele pergunta.

Cubro sua boca com a mão.

Ele dá um tapa nela.

— Bom dia, raio de sol — Kenji pisca em nossa direção.

— Bom dia — respondo.

— Não estava falando com você — diz ele, tentando sorrir. — Estava falando com o sol.

Sorrio em resposta, incerto sobre o destino da conversa. Temos muito o que falar e tanto sobre o que não queremos falar, e não sei se vamos de fato conversar um dia. Espio Castle e percebo que ele está bem acordado e olhando pela janela. Aceno um cumprimento.

— Dormiu bem? — pergunto a ele.

Castle me encara.

Eu olho para Kenji.

Kenji também olha pela janela.

Solto um suspiro.

Todos vão lenta, mas firmemente, voltando ao presente. Assim que estamos todos semiprontos para voltar à ação — inclusive Brendan e Winston —, Kenji não perde tempo.

— Temos que decidir para onde vamos — ele diz. — Não podemos correr o risco de ficar na estrada por muito tempo, e não sei ao certo por quanto tempo nem com quanta eficiência serei capaz de projetar. Minha energia está voltando, mas lentamente, e com altos e baixos. Não posso confiar nela neste momento.

— Também precisamos pensar em comida — diz Ian, meio grogue.

— Sim, estou com muita fome — acrescenta James.

Aperto seus ombros. Estamos todos famintos.

— Certo — diz Kenji. — Alguém tem alguma ideia?

Silêncio de todos nós.

— Vamos, pessoal — ele diz. — Vamos pensar. Qualquer esconderijo, qualquer local seguro... Qualquer lugar onde já tenham se escondido e que tenha sido seguro...

— E a nossa velha casa? — James pergunta, olhando em volta.

Eu me empertigo, surpreso por não ter pensado nisso antes.

— Verdade, é claro — eu digo. — Boa ideia, James. — Faço um carinho no cabelo dele. — É uma boa opção.

Kenji bate com o punho no volante.

— Sim! — ele exclama. — Ótimo. Excelente. Perfeito. Graças a Deus.

— Mas e se eles vierem nos procurar? — Lily pergunta. — Warner sabe da sua antiga casa, não sabe?

— Sabe — admito. — Mas, se pensarem que todo mundo do Ponto Ômega está morto, não virão atrás de mim. Nem de nenhum de nós.

Com isso, o veículo fica silencioso.

O constrangimento paira no ar; ninguém sabe o que dizer. Todos nós olhamos para Castle, para que nos oriente sobre a melhor forma de proceder, mas ele não diz uma palavra. Está olhando fixamente para o nada, como se estivesse paralisado por dentro.

— Vamos — Alia diz baixinho.

Ela é a única a me responder, dirigindo a mim seu sorriso amável de sempre.

Decido que gosto dela por esse motivo.

— Devemos garantir um abrigo o mais rápido possível. E talvez encontrar algo para James comer.

Sorrio para ela. Comovido com a forma como ela fala de James.

— Talvez possamos encontrar algo para todos nós comermos — Ian interrompe, mal-humorado.

Olho feio para ele, mas não posso culpá-lo. Meu estômago também está protestando.

– Devemos ter bastante comida em casa – afirmo. – Está paga até o final do ano, então teremos quase tudo de que precisamos: água, eletricidade, um telhado sobre nossas cabeças... Mas será apertado e temporário. Logo teremos de achar outra solução de longo prazo.

– Boa ideia – Kenji diz para mim, depois se vira para olhar para todos. – Estamos todos de acordo?

Há um murmúrio de consentimento e isso é tudo de que precisamos antes de partirmos para a minha antiga casa. De volta ao início de tudo.

O alívio me invade.

Sinto-me tão grato por poder levar James de volta para casa. Deixá-lo dormir em sua cama. E, apesar de ter consciência de que jamais ousaria falar isso em voz alta, uma pequena parte de mim está feliz com a queda oficial do Ponto Ômega. Há um lado bom nisso, pois agora Warner acha que estamos todos mortos. Embora esteja com Juliette, não ficará com ela para sempre. Ela estará segura até encontrarmos um meio de trazê-la de volta e, até que isso seja possível, ele não virá atrás de nós. Podemos encontrar uma forma de viver longe de toda essa violência e destruição.

Além disso, estou cansado de lutar. Cansado de fugir, de ter de arriscar minha vida e de me preocupar constantemente com James. Só quero ir para casa. Quero cuidar do meu irmão. Não quero nunca, nunca, *nunca* mais sentir o que senti na noite passada.

Jamais posso arriscar perder James outra vez.

Treze

As estradas estão quase totalmente abandonadas. O sol está alto, e o vento, cortante. Embora a chuva tenha parado, o ar cheira a neve e tenho a sensação de que não será nada fácil. Envolvo James com mais força nos braços, estremecendo contra um frio que vem de dentro do meu corpo. Ele adormeceu novamente, seu pequeno rosto enterrado na curva do meu pescoço. Eu o aperto mais junto do peito.

Com a oposição destruída, não há necessidade de ter muitas tropas no caminho – se é que há alguma. Eles devem estar recolhendo os corpos agora, limpando a bagunça e restabelecendo a ordem o mais rápido possível. É sempre assim.

A batalha era necessária, mas limpar o que sobra dela era igualmente imprescindível.

Era um lema repetido por Warner à exaustão: nunca deveríamos permitir que civis tivessem tempo para viver seu luto. Nunca poderíamos lhes dar a oportunidade de transformar seus entes queridos em mártires. Não: era melhor que as mortes parecessem tão insignificantes quanto possível.

Todos tinham de voltar ao trabalho imediatamente.

Muitas vezes eu fiz parte dessas missões. Sempre odiei Warner, sempre odiei o Restabelecimento e tudo o que ele representava, e agora sinto esse ódio ainda mais forte. Imaginar que tinha perdido James na noite anterior mudou algo em mim, e o dano é irreparável. Achei que sabia o que era perder alguém próximo a mim, mas na verdade não sabia. Perder um dos pais é doloroso; mas, de alguma forma, a dor é muito diferente da de perder um filho. E James, de várias maneiras, é como se fosse meu filho. Eu o criei. Cuidei dele. Eu o protegi. Eu o alimentei e o vesti. Ensinei-lhe quase tudo o que sabe. Ele é a minha única esperança em toda essa devastação – a única coisa pela qual sempre vivi, sempre lutei. Eu estaria perdido sem ele.

James dá um propósito à minha vida.

E eu não tinha percebido isso até a noite passada. Tudo o que o Restabelecimento faz – separar os pais dos filhos, separar os cônjuges, basicamente separar famílias – tem um propósito. E a crueldade dessas ações não tinha de fato me atingido até este momento.

Acho que jamais poderia fazer parte de algo assim novamente.

Quatorze

Entramos no estacionamento subterrâneo sem grandes problemas e, uma vez lá dentro, consigo respirar. Sei que estaremos seguros ali.

Nós nove saímos do tanque e ficamos parados por um momento. Brendan e Winston apegam-se um ao outro, ainda se recuperando de seus ferimentos. Não tenho certeza do que aconteceu com eles exatamente, porque ninguém fala sobre isso, mas acho que nem quero saber. Alia e Lily ajudam Castle a sair do tanque, e Ian vem logo atrás. Kenji está de pé próximo a mim. Ainda estou carregando James nos braços e só o coloco no chão quando ele pede.

— Estão prontos para subir? — eu pergunto. — Um banho? Um pouco de café da manhã?

— Seria ótimo, cara — diz Ian.

Todo mundo concorda.

Vou guiando o grupo com James segurando minha mão.

É uma loucura — a última vez em que estivemos ali foi para fugir de Warner. Juliette e eu. Foi quando ela conheceu James, e a primeira vez em que pareceu que realmente poderíamos ter um futuro juntos. E, então, Kenji tinha aparecido e redirecionado o curso das coisas. Balanço a cabeça com a lembrança. Parece que foi um milhão de anos atrás. Muita coisa mudou. Eu era um cara diferente naquela época. Estou me sentindo muito mais velho, mais duro e mais furioso agora. É difícil acreditar que aconteceu há apenas alguns meses.

A porta da frente ainda está quebrada, desde quando Warner e os capangas dele a derrubaram, mas nós damos um jeito. Puxo a maçaneta e a empurro com força, e a porta se abre para dentro.

Todos nós entramos.

Olho em volta, maravilhado ao ver quase tudo exatamente do jeito que deixamos. Algumas coisas foram reviradas e o local está precisando muito de uma faxina, mas serve para o momento. É um lugar ótimo e seguro para morarmos por algum tempo. Começo a apertar interruptores, e os pequenos cômodos ganham vida, com luzes fluorescentes zumbindo continuamente no silêncio. James dispara em direção ao seu quarto, e eu verifico os armários para ver se há enlatados e outros itens não perecíveis; ainda temos toneladas de comida do Automat embrulhadas em filme PVC.

Suspiro de alívio.

– Quem quer café da manhã? – eu pergunto, segurando alguns pacotes.

Kenji cai de joelhos, gritando:

– Aleluia!

Ian praticamente me ataca. James vem correndo do seu quarto, gritando:

– EU EU EU EU QUERO EU QUERO!

E Lily cai na gargalhada. Alia sorri e se encosta na parede quando Brendan e Winston desabam no sofá, gemendo de alívio. Castle é o único que permanece em silêncio.

– Tudo bem, pessoal – diz Kenji. – Adam e eu vamos preparar a comida enquanto vocês podem se revezar para lavar a louça. Além disso, odeio ter que ser claro demais, mas há apenas um banheiro, e todos nós temos de dividi-lo, então vamos ficar conscientes disso. Adam tem suprimentos, mas não muitos, então não vamos exagerar, hein? Vamos lembrar que estamos em estado de racionamento. Ter um mínimo de consideração é crucial.

Há consentimento geral e muitos acenos de cabeça, e todos se ocupam com alguma tarefa. Todos, exceto Castle, que se senta na única poltrona e não se move. Ele parece estar pior do que Brendan e Winston, que estão fisicamente muito mal.

Ainda estou olhando para os dois quando Ian se esquiva do grupo para me perguntar se tenho algo para ajudar Brendan e Winston. Garanto a ele que farei o que estiver ao meu alcance. Sempre tenho um pequeno kit de primeiros socorros em casa, mas não é sofisticado, e não sou médico, mas sei o suficiente. Acho que poderei ajudar. Isso dá um grande ânimo em Ian.

Somente quando Kenji e eu estamos ocupados preparando comida na cozinha que ele traz à tona a questão mais urgente. A única que ainda não sei como resolver.

— Então, o que vamos fazer em relação a Juliette? — Kenji pergunta, jogando um pacote do Automat em uma tigela. — Já estou preocupado por termos esperado tanto para ir atrás dela.

Sinto-me empalidecer. Não sei como dizer a ele que eu não tinha planos imediatos de voltar lá. Certamente não para lutar — não depois do que aconteceu com James.

— Não sei — respondo. — Não tenho certeza do que podemos fazer.

Kenji me encara, confuso.

— O que quer dizer? Temos de tirá-la de lá. O que significa que temos de *resgatá-la,* então precisamos planejar outra missão de resgate — ele me encara. — Pensei que fosse óbvio.

Limpo a garganta.

– Mas e quanto a James? E Brendan e Winston? E Castle? Não estamos indo muito bem por aqui. Será que tudo bem deixá-los aqui e...

– Cara, de que diabos você está falando? Você não é apaixonado por essa garota? Cadê todo aquele fogo no rabo? Pensei que você estaria morrendo de vontade de salvá-la...

– E estou – afirmo com urgência. – Claro que estou. Mas também estou preocupado... Faz tão pouco tempo que bombardearam o Ponto que eu...

– Quanto mais esperarmos, pior vai ficar. – Kenji balança a cabeça. – Temos que ir o mais rápido possível. Se não formos, ela ficará presa lá para sempre, e Warner a usará como seu monstro de tortura. E provavelmente vai matá-la nesse processo, mesmo que não queira.

Agarro a borda do balcão e olho para a pia.

Merda.

Merda, merda, merda.

Me viro ao som da voz de James, ouço um momento em que ele ri de algo que Alia disse. Meu coração se aperta só de pensar em me afastar dele novamente, mas sei que tenho uma responsabilidade para com Juliette. O que ela faria se eu não estivesse lá para ajudá-la? Ela precisa de mim.

– Ok. – Eu suspiro. – É claro. O que temos de fazer?

Quinze

Depois do café da manhã, já perto do almoço, fico com Brendan e Winston por um tempo e os arrumo no chão para que possam descansar um pouco. James e eu colecionamos um bom estoque de cobertores e travesseiros surrados ao longo dos anos, então há o suficiente para todos, e graças a Deus por isso, porque está um frio dos infernos. Nós até enrolamos um cobertor em torno dos ombros de Castle. Ele ainda mal está se movendo, mas nós o forçamos a comer, então seu rosto ao menos ganhou um pouco de cor.

Com Brendan e Winston já aconchegados, Ian, Alia e Lily alimentados e confortáveis, James são e salvo, e Castle descansando, Kenji e eu finalmente estamos prontos para dar início a novos planos.

— Vou sair – diz Kenji. – Vou xeretar lá na base. Ouvir os rumores sobre o que está acontecendo… Talvez até encontrar Juliette e avisar que logo vamos resgatá-la.

Concordo.

— É um ótimo começo.

— Assim que eu souber mais sobre o que está acontecendo, podemos traçar um plano concreto de resgate.

— Então, assim que ela estiver de volta — eu digo —, nós seguiremos em frente de novo.

— Provavelmente, sim.

Faço que sim com a cabeça algumas vezes.

— Ok. Certo. — Engulo em seco. — Espero aqui até você voltar.

— Certo — Kenji dá um sorriso e sai. Some.

A porta da frente é aberta e fechada com força, e eu fico olhando para a parede e tentando não surtar, preocupado com o que pode acontecer em seguida.

Outra missão. Isto é, outra chance de estragar tudo e de morrermos, todos. E, se formos bem-sucedidos, seremos recompensados com mais fuga, mais instabilidade, mais caos.

Fecho os olhos.

Amo Juliette. Amo mesmo. Quero ajudá-la e apoiá-la e ficar ao lado dela. Quero que tenhamos um futuro juntos, mas, às vezes, me pergunto se isso vai mesmo acontecer.

Não é fácil admitir, mas parte de mim não quer colocar James em risco novamente — em uma nova fuga — por uma garota que terminou comigo. Uma garota que se afastou de nós.

Não sei mais o que é o certo.

Não sei se minha lealdade está com James ou Juliette.

Dezesseis

Kenji está de volta depois de apenas algumas horas. Seu rosto pálido; as mãos, trêmulas. Ele respira com dificuldade e seus olhos estão desfocados. Senta-se no sofá sem dizer uma palavra. Já estou em pânico.

– O que aconteceu? – eu pergunto.
– O que está acontecendo? – diz Lily.
– Você está bem, mano? – completa Ian.

Nós o enchemos de perguntas, mas ele não responde.

Encara, sem piscar, uma réplica de Castle, que está sentado na poltrona diante dele.

Finalmente, após um longo momento de silêncio, ele fala.

Três palavras.

– Juliette está morta.

Caos.

As perguntas saem voando enquanto os gritos são abafados. Todos estão chocados, horrorizados, enlouquecidos.

Fico atordoado.

Meu cérebro parece paralisado, sem vontade de processar ou digerir aquela informação. *Por quê?*, quero perguntar. *Como?* Como? Como é possível?

Mas não consigo falar. Estou paralisado de terror. De pesar.

– Não foi Warner que veio atrás dela – diz Kenji, com lágrimas caindo velozes pelo rosto. – Foi Anderson. Aqueles eram homens do Anderson. Eles fizeram o anúncio há apenas algumas horas. – Ele engasga com as palavras. – Anunciaram que bombardearam o Ponto Ômega, capturaram Juliette e a executaram hoje de manhã. O supremo já voltou para a capital.

– Não. – Estou sem ar.

– Deveríamos ter ido atrás dela – Kenji diz agora. – Eu deveria ter ficado para trás para tentar encontrá-la. A culpa é minha – ele diz, com as mãos nos cabelos, lutando contra as lágrimas. – Sou culpado pela morte dela. Deveria ter ido atrás dela…

– Não é culpa sua – Ian diz a ele, correndo e agarrando seus braços. – Não se atreva a fazer isso consigo mesmo.

– Perdemos muitas pessoas – diz Lily. – Pessoas que eram queridas por nós e que não fomos capazes de salvar. Não é culpa sua. Juro. Nós fizemos o nosso melhor.

Todo mundo está consolando Kenji agora, tentando tranquilizá-lo para que não se sinta culpado. Ninguém é culpado por tudo isso.

Mas eu não concordo.

Tropeço para trás até atingir a parede, apoiando-me nela. Sei quem devo culpar. Sei de quem é a culpa.

Juliette está morta por minha causa.

Diário de JULIETTE

Fico pensando que preciso permanecer calma, que tudo isso é coisa da minha cabeça, que vai dar tudo certo e alguém vai abrir essa porta, alguém vai me tirar daqui. Fico pensando que isso vai acontecer. Fico pensando que alguma coisa desse tipo tem de acontecer, porque coisas assim simplesmente não acontecem. Isso não acontece. As pessoas não são esquecidas assim. Não são abandonadas assim.

Isso simplesmente não acontece.

Meu rosto está sujo de sangue de quando me jogaram no chão, e minhas mãos continuam trêmulas, mesmo enquanto escrevo estas palavras. Essa caneta é minha única válvula de escape, minha única voz, porque não tenho ninguém mais com quem conversar, nenhum pensamento além dos meus para me afogar, e todos os botes salva-vidas estão tomados e todos os coletes salva-vidas destruídos e não sei nadar e não consigo nadar e não posso nadar e está ficando tão difícil. Está ficando tão difícil. É como se houvesse um milhão de gritos presos em meu peito, mas tenho de mantê-los todos aqui porque para que gritar se você nunca vai ser ouvida e ninguém nunca vai me ouvir aqui. Ninguém nunca mais vai me ouvir.

Aprendi a ficar olhando para as coisas.

Para as paredes. Minhas mãos. As rachaduras nas paredes. As linhas em meus dedos. Os tons de cinza do concreto. O formato das minhas unhas. Escolho uma coisa e a analiso pelo que parecem ser horas. Tenho noção do tempo porque conto mentalmente os segundos. Tenho noção dos dias porque os anoto. Hoje é o dia 2. Hoje é o segundo dia. Hoje é 1 dia.

Hoje.

Está muito frio. Está muito frio, muito frio.

Por favor por favor por favor.

Hoje comecei a gritar.

Isso de não conhecer a paz é muito estranho. Isso de saber que, não importa aonde você vá, não existe nenhum santuário à espera. Que a ameaça da dor se encontra sempre a um sussurro de distância. Não estou segura trancafiada em meio a essas quatro paredes. Nunca estive segura ao sair de casa e tampouco senti qualquer segurança nos 14 anos que vivi em casa. O hospício mata as pessoas dia após dia, o mundo já aprendeu a ter medo de mim e minha casa é o mesmo lugar onde meu pai me trancava no quarto toda noite e minha mãe gritava comigo porque eu era a abominação que ela fora forçada a criar.

Dizia que era meu rosto.

Havia algo no meu rosto, alegava, que ela não suportava. Algo em meus olhos, no jeito como eu a olhava, no fato de eu simplesmente existir. Sempre me dizia para parar de olhar pra ela. Sempre gritava isso. Como se eu pudesse atacá-la. Pare de olhar para mim, gritava. Pare já de olhar para mim, gritava.

Certa vez, colocou minha mão no fogo.

Só para ver se queimava, explicou. Só para ter certeza de que era uma mão normal, insistiu.

Eu tinha 6 anos quando isso aconteceu.

Lembro porque foi no dia do meu aniversário.

Já estou louca?

Será que já aconteceu?

Como vou saber?

Às vezes fecho os olhos e pinto essas paredes de outra cor.

Imagino que estou usando meias quentinhas em frente a uma lareira. Imagino que alguém me dá um livro para ler, uma história que me transporte para outro lugar, com outras coisas para preencher a minha mente. Quero sair correndo, sentir o vento esvoaçando os meus cabelos. Quero fingir que isto não passa de uma história dentro de outra história. Que esta cela não passa de uma cena, que estas mãos não pertencem a mim, que esta janela leva a um lugar lindo, bastaria quebrá-la. Finjo que este travesseiro é limpo, finjo que esta cama é macia. Finjo e finjo e finjo até que o mundo se torna tão maravilhoso por trás das minhas pálpebras que eu mal posso me conter. Mas aí meus olhos se abrem e sou agarrada pelo pescoço por um par de mãos que não param de me sufocar sufocar sufocar

Meus pensamentos, eu acho, logo ficarão sãos.

Minha mente, eu espero, logo será encontrada.

Tenho curiosidade de saber o que estão pensando. Meus pais. Tenho curiosidade de saber onde estão. Tenho curiosidade de saber se estão bem agora, se estão felizes agora, se enfim conseguiram o que queriam. Tenho curiosidade de saber se minha mãe terá outro filho. De saber se alguém será bondoso o bastante para me matar e de saber se o inferno é melhor do que este lugar. Tenho curiosidade de saber como meu rosto está agora. Tenho curiosidade de saber se voltarei a respirar ar puro.

Tenho curiosidade de saber tantas coisas.

Às vezes, passo dias acordada, apenas contando tudo o que consigo encontrar. Conto as paredes, as rachaduras nas paredes, meus dedos das mãos, meus dedos dos pés. Conto as molas da cama, os fios do cobertor, os passos necessários para cruzar este espaço e voltar para onde eu estava antes. Conto meus dentes e os fios de cabelo e quantos segundos consigo segurar a respiração.

Às vezes, fico tão cansada que esqueço que não posso desejar mais nada, e então me pego desejando aquilo que sempre quis. Aquilo com que sempre sonhei.

O tempo todo desejo ter um amigo.

Sonho com isso. Imagino como seria. Sorrir e receber um sorriso. Ter uma pessoa em quem confiar, alguém que não jogue coisas em mim ou coloque minha mão no fogo ou me espanque por ter nascido. Alguém que ouça que fui jogada no lixo e tente me encontrar, que não tenha medo de mim.

Alguém que entenderia que eu jamais tentaria feri-lo.

Estou curvada em um canto deste quarto e enterro a cabeça nos joelhos e embalo meu corpo para a frente e para trás para a frente e para trás para a frente e para trás e desejo e desejo e desejo e sonho com coisas impossíveis e choro até dormir.

Tenho curiosidade de saber como seria ter um amigo.

E então, me pergunto quem mais está preso neste hospício. E fico me perguntando de onde vêm os outros gritos.

E fico me perguntando se estão vindo de mim.

~~Há algo fervendo dentro de mim.~~

~~Algo em que jamais ousei tocar, algo que sinto medo de reconhecer.~~ ~~Parte de mim se arrasta para se libertar da jaula na qual a prendi,~~ ~~bate às portas do meu coração enquanto implora para sair.~~

~~Implora para se desprender.~~

~~Todo dia sinto que estou revivendo o mesmo pesadelo. Abro a boca~~ ~~para gritar, para lutar, para sacudir os punhos, mas minhas cordas~~ ~~vocais foram cortadas, meus braços parecem pesados, presos em cimento~~ ~~úmido, e estou gritando, mas ninguém me ouve, ninguém me alcança,~~ ~~e me sinto presa. E essa situação está me matando.~~

~~Sempre tive de me colocar no papel de submissa, subserviente, re=~~ ~~torcida como um esfregão suplicante e passivo só para deixar todos os~~ ~~outros se sentirem seguros e à vontade. Minha existência se transformou~~

*em uma luta para provar que sou inofensiva, que não sou uma ameaça,
que sou capaz de viver em meio a outros seres humanos sem feri-los.*

*E estou tão cansada estou tão cansada estou tão cansada e às vezes
fico tão furiosa*

Não sei o que está acontecendo comigo.

Nós tivemos casas. Um dia.

De todo tipo.

Casas de 1 andar. De 2 andares. De 3 andares.

*Comprávamos enfeites de jardim e luzinhas coloridas, aprendíamos
a andar de bicicleta sem rodinha. Comprávamos vidas confinadas
em 1, 2, 3 andares já construídos, andares trancafiados dentro de
estruturas que não podíamos alterar.*

Vivíamos nesses andares por um tempo.

*Seguíamos o roteiro apresentado para nós, a prosa fixada em cada
metro quadrado do espaço adquirido. Ficávamos contentes com as
suaves reviravoltas na trama, que redirecionavam de leve nossas vidas.
Assinávamos no pé da página para obter coisas que nem sabíamos
que queríamos. Comíamos o que não devíamos comer, gastávamos o
dinheiro que não tínhamos, perdíamos de vista a Terra que tínhamos
que habitar, e desperdiçávamos desperdiçávamos desperdiçávamos
tudo. Comida. Água. Recursos.*

*Logo a poluição química acinzentou o céu, e as plantas e os animais
adoeceram com a mutação genética, e enfermidades enraizaram-se
no nosso ar, nas nossas refeições, no nosso sangue, nos nossos ossos. A
comida desapareceu. Pessoas morreram. Nosso império se despedaçou.*

*O Restabelecimento prometeu nos ajudar. Nos salvar. Reconstruir
nossa sociedade.*

Em vez disso, eles nos arruinaram.

Sinto muito. Sinto muito, muito. Sinto muito muito sinto muito muito sinto muito muito muito Sinto muito, muito. Sinto muito muito sinto muito muito sinto muito muito muito. Sinto muito, muito. Sinto muito, muito. Sinto muito muito sinto muito muito muito sinto muito muito Sinto muito muito sinto muito muito sinto muito muito muito. Sinto muito, muito. Sinto muito muito sinto muito muito sinto muito muito muito Sinto muito, muito. Sinto muito, muito. Sinto muito muito sinto muito muito muito Sinto muito, muito. Sinto muito muito sinto muito muito sinto muito muito muito Sinto muito, muito. Sinto muito muito Sinto muito, muito. Sinto muito muito muito. Sinto muito, muito. Sinto muito muito sinto muito muito sinto muito muito muito Sinto muito, muito. Sinto muito, muito. Sinto muito muito sinto muito muito muito Sinto muito sinto muito muito por favor me perdoe.

Foi um acidente.
Me perdoe
Por favor me perdoe

Engolir as lágrimas com frequência suficiente para sentir como se ácido gotejasse por sua garganta.

É aquele momento terrível, quando você está tão quieta tão quieta tão quieta porque ~~você não quer que a vejam chorar~~ você não quer chorar, mas seus lábios não param de tremer e seus olhos estão transbordando de por favor e eu imploro e por favor e sinto muito e por favor e tenham piedade e talvez desta vez será diferente, mas é sempre a mesma coisa. Não há ninguém para quem correr em busca de consolo. Não há ninguém do seu lado.

Acenda uma vela por mim, eu costumava sussurrar para ninguém.
Alguém
Qualquer um

Se estiver em algum lugar aí fora
Por favor diga-me se sente este fogo.

Estas letras são tudo que me resta.
26 amigas a quem contar as minhas histórias.
26 letras são tudo de que preciso. Costuro umas às outras para criar oceanos e ecossistemas. Posso encaixá-las para formar planetas e sistemas solares. Posso usar letras para construir arranha-céus e metrópoles povoadas de pessoas, lugares, coisas e ideias que são mais reais para mim do que estas 4 paredes.
Só preciso de letras para viver. Sem elas, eu não existiria.
Porque estas palavras que escrevo são as únicas provas de que eu ainda estou viva.

Às vezes acho que as sombras se movimentam.
Às vezes acho que alguém pode estar observando.
Às vezes essa ideia me assusta e às vezes essa ideia me torna tão absurdamente feliz que não consigo parar de chorar. E então às vezes acho que não tenho a menor ideia de quando comecei a perder a sanidade aqui. Nada mais parece real e não sei dizer se estou gritando ou se só grito em minha cabeça.
Não há ninguém para me ouvir aqui.
Para me dizer que não estou morta.

Ninguém quer um dente-de-leão.
Eles nascem em tudo que é lugar, feios e infelizes, florescências ordinárias em um mundo desesperado por beleza. São pragas, dizem. Desinteressantes, inodoros e abundantes demais, presentes demais, não os queremos, vamos destruí-los.
Dentes-de-leão são um incômodo.

Queremos botões-de-ouro, narcisos, ipomeias. Queremos azaleias, flores-de-natal, copos-de-leite. Nós as arrancamos de nossos jardins e as plantamos em nossas casas e não nos lembramos de sua natureza tóxica.

Não nos importamos
se você chegar perto demais?
se você der uma mordidinha?

A beleza é substituída por dor e contaminada por um veneno que ri em seu sangue, destrói seus órgãos, infecta seu coração.

Mas apanhe um dente-de-leão.

Apanhe um dente-de-leão e faça uma salada, coma as folhas, a flor, o caule. Coloque no cabelo, plante no solo e observe seu crescimento.

Apanhe um dente-de-leão e feche os olhos
faça um desejo
sopre-o ao vento.

Observe-o
mudar
o
mundo.

Ódio.

É veneno, um soco implacável no estômago, uma injustiça injetada diretamente na corrente sanguínea e que paralisa seus órgãos devagar até que você não consiga respirar

não consiga
respirar

porque a solidão instalou-se dentro das suas roupas e você está apodrecendo até a morte em um canto escuro do mundo e já está esquecida.

Você nem nunca existiu.

Agarre uma nuvem e puxe-a para prendê-la no cabelo.

Salte para pegar seus fios macios macios, seus fiapos plumosos; pilhas de tufos de neve navegando pelo ar, algodão-doce tão fininho que derrete assim que você tenta prová-lo.

A vida é como uma nuvem.

Vem em milhões de formatos e tamanhos e não oferece garantias nem certezas, sem compaixão pelo homem que prometeu ao filho que empinariam pipia naquele dia, sem consideração pela menina que tinha certeza de que veria o sol hoje, sem promessas para este mundo exausto e seus desejos desejos desejos que não lhe faltam hoje.

A vida é assim.

Às vezes cheia e fofa e flutuando e às vezes escura e furiosa com fúria soluçante soluçante soluçante e paixão e vingança e retaliação.

É agonia

É angústia

É um presente, uma lição, uma advertência.

Porque só quando a tempestade passar, só quando as lágrimas tiverem alagado os rios e encharcado o solo e lavado a poeira os destroços a destruição a podridão, só quando...

só então o sol aparecerá

sorrirá para o céu

ousará brilhar.

Eu conto tudo.

Números pares, números ímpares, múltiplos de dez. Conto os tiques do relógio conto os taques do relógio conto as linhas entre as linhas em uma folha de papel. Conto o palpitar instável do meu coração conto meu pulso e minhas piscadas e o número de tentativas necessárias para absorver oxigênio suficiente para meus pulmões. Fico assim suporto assim conto assim até a sensação ir embora. Até as lágrimas pararem de escorrer, até meus punhos pararem de tremer, até o coração parar de doer.

Os números nunca são suficientes.

A solidão é uma coisa estranha.

Ela se arrasta por você silenciosa e calma, senta-se ao seu lado na escuridão, acaricia seus cabelos enquanto você dorme. Envolve seus ossos, apertando-os com tanta força que quase o impede de respirar, quase o impede de ouvir o pulsar do sangue que corre sob sua pele. Toca desde seus lábios até a penugem da nuca. Deixa mentiras em seu coração, está bem ao seu lado à noite, apaga todas as luzes imagináveis. É uma companhia constante, aperta sua mão só para empurrá-la para baixo quando você tenta se levantar, pega suas lágrimas só para forçá-las garganta abaixo. Assusta simplesmente por estar ao seu lado.

Você acorda de manhã e se pergunta quem é. Você não consegue dormir e sua pele estremece. Você tem dúvidas tem dúvidas tem dúvidas

vou

não vou

devo

por que não

E mesmo quando você está pronto para se desprender. Quando está pronto para se libertar. Quando está pronto para ser uma pessoa nova. A solidão é uma velha amiga, parada ao seu lado no espelho, olhando-o nos olhos, desafiando-o a viver sem ela. Você não consegue encontrar palavras para lutar contra si mesmo, para combater as palavras que gritam que você não é suficiente nunca é suficiente jamais é suficiente.

A solidão é uma companhia amarga e vil.

Às vezes, ela simplesmente não vai embora.

Sou uma ladra.

Roubei este caderno e esta caneta de um dos meus médicos quando ele não estava olhando, subtraí de um dos bolsos de seu jaleco, e guardei em minha calça. Isso foi pouco antes de ele dar ordens para aqueles homens virem me buscar. Os homens com ternos estranhos e máscaras de gás com uma área embaçada de plástico protegendo seus olhos. Eram alienígenas, lembro-me de ter pensado. Lembro-me de ter pensado que deviam ser alienígenas porque não podiam ser humanos aqueles que me algemaram com as mãos para trás, que me prenderam em meu assento. Usaram tasers em minha pele várias e várias vezes por nenhum motivo que não sua vontade de me ouvir gritar, mas eu não gritava. Cheguei a gemer, mas em momento algum pronunciei uma palavra sequer. Senti as lágrimas descerem pelas bochechas, mas não estava chorando.

Acho que os deixei furiosos.

Eles me bateram para eu acordar, muito embora meus olhos estivessem abertos quando chegamos. Alguém me soltou do assento sem tirar minhas algemas e chutou meu joelho antes de dar ordens para que eu me levantasse. E eu tentei. Eu tentava, mas não conseguia, e finalmente seis mãos me puxaram pela porta e meu rosto passou algum tempo sangrando no asfalto. Não consigo lembrar direito do momento em que me empurraram para dentro.

Sinto frio o tempo todo.

Sinto o vazio, um vazio como se não houvesse nada dentro de mim, nada além desse coração partido, o único órgão que restou nesta casca. Sinto o palpitar dentro de mim, sinto as batidas reverberando em meu esqueleto. Eu tenho um coração, afirma a ciência, mas sou um monstro, afirma a sociedade. E é claro que sei disso. Sei o que fiz. Não estou pedindo comiseração. Mas às vezes penso — às vezes reflito: se eu fosse um monstro, é claro que já teria sentido a essa altura, não?

Eu me sentiria nervosa e violenta e vingativa. Conheceria a raiva cega, o desejo por sangue, a necessidade de vingança.

Em vez disso, sinto um abismo em meu interior, um abismo tão grande, tão sombrio, que sequer consigo enxergar dentro dele; sou incapaz de ver o que ele guarda. Não sei o que sou ou o que pode acontecer comigo.

Não sei o que posso fazer outra vez.

Passo todos os dias sentada aqui.

Até agora, são ~~174~~ 175 dias aqui.

Há aqueles em que me levanto e me alongo e sinto esses ossos enrijecidos, essas articulações enferrujadas, esse espírito esmagado dentro do meu ser. Giro os ombros, pisco, conto os segundos que se arrastam pelas paredes, os minutos tremendo, as respirações que tenho de lembrar de fazer. Às vezes, deixo minha boca se abrir, só um pouquinho; levo a ponta da língua à parte de trás dos dentes e fecho os lábios e ando por esse espaço minúsculo, deslizo os dedos pelas rachaduras no concreto e me pergunto, me pergunto como seria falar em voz alta e ser ouvida. Seguro a respiração, ouço atentamente em busca de alguma coisa, qualquer sinal de vida e me maravilho com a beleza, a impossibilidade de possivelmente ouvir outra pessoa respirando ao meu lado.

Eu paro, fico parada. Fecho os olhos e tento lembrar do mundo além dessas paredes. Eu me pergunto como seria saber que não estou sonhando, que essa existência isolada não está engaiolada em minha própria cabeça.

E eu... Eu me pergunto, penso nisso o tempo todo.

Como seria me matar.

Porque eu nunca realmente soube, ainda não sei dizer, nunca estive muito certa se estou de fato viva.

Então fico aqui sentada.
Aqui sentada todos os dias.

Corra, falei a mim mesma.
Corra até seus pulmões entrarem em colapso, até o vento chicotear e rasgar suas roupas já surradas, até se tornar uma mancha que se mistura com o fundo.
Corra, Juliette, corra mais rápido, corra até seus ossos fraturarem e sua canela quebrar e seus músculos atrofiarem e seu coração desfalecer porque ele sempre foi grande demais para o seu peito e bate rápido demais por tempo demais e corra.
Corra corra corra até não ouvir os pés deles batendo atrás de você. Corra até eles baixarem os punhos e seus gritos se dissolverem no ar. Corra de olhos abertos e boca fechada e represe o rio que corre por trás de seus olhos. Corra, Juliette.
Corra até cair morta.
Certifique-se de que seu coração pare antes de eles a alcançarem. Antes que consigam tocar em você.
Corra, eu falei.

Só um momento.
Só um segundo, só mais um minuto, só me dê mais uma hora ou talvez o fim de semana para pensar melhor não é tanto assim não é tão difícil assim é tudo o que pedimos é um pedido simples.
Mas os momentos os segundos os minutos as horas os dias os anos se tornam um enorme erro, uma oportunidade extraordinária que escorrega por nossos dedos porque não conseguimos decidir, não conseguimos entender, precisamos de mais tempo não sabíamos o que fazer.
Sequer sabemos o que fizemos.

Não temos ideia nem mesmo de como chegamos aqui se tudo o que queríamos era acordar de manhã e dormir à noite e talvez tomar um sorvete no caminho para casa e essa decisão, essa escolha, essa oportunidade acidental talvez desvendasse tudo o que sabemos e aquilo em que acreditamos e o que fazemos?
O que fazemos
a partir daqui?

Nos dias mais escuros, você precisa procurar um ponto de luz, nos dias mais frios, precisa buscar um ponto de calor; nos dias mais desoladores, precisa manter os olhos apontados para frente e para cima e nos dias mais tristes precisa deixá-los abertos para que possam chorar. Para depois deixá-los secar. Para dar-lhes a chance de lavar a dor e enxergar clara e nitidamente outra vez.

Nada nesta vida me fará sentido, mas não tenho como não tentar realizar a transformação e alimentar a esperança de que ela será o bastante para pagar por nossos erros.

Eu não sou louca. Eu não sou louca.

Eu não sou louca. Eu não sou louca.

Não sei quando começou.

Não sei por que começou.

Não sei nada de nada, só dos gritos.

Minha mãe gritando quando percebeu que não podia mais me tocar. Meu pai gritando quando se deu conta do que eu tinha feito à minha mãe. Meus pais gritando enquanto me trancavam em meu quarto e me diziam que eu devia ser grata. Por me darem comida. Pelo tratamento humanitário dispensado a essa coisa que não tinha como ser filha deles. Pelo bastão que usavam para medir a distância necessária para me manter longe.

Eu arruinei a vida deles, é o que me diziam.

Roubei sua felicidade. Destruí a esperança que minha mãe tinha de ter outro filho.

Eu não conseguia ver o que tinha feito?, *é o que me perguntavam.* Não conseguia ver que estraguei tudo?

Tentei tanto arrumar o que tinha estragado. Tentava ser todos os dias o que eles queriam. Tentava o tempo todo ser melhor, mas nunca soube realmente como.

Só agora sei que os cientistas estão errados.

O mundo é plano.

Sei disso porque fui jogada da beira do abismo e tento me segurar há dezessete anos. Venho tentando escalar de volta há dezessete anos, mas é quase impossível vencer a gravidade quando ninguém está disposto a lhe dar a mão.

Quando ninguém quer correr o risco de tocar em você.

1 palavra, 2 lábios, 3 4 5 dedos formam 1 punho fechado.

1 canto, 2 pais, 3 4 5 razões para se esconder.

1 criança, 2 olhos, 3 4 17 anos de medo.

1 cabo de vassoura quebrado, um par de rostos furiosos, sussurros bravos, trancas em minha porta.

Olhem, é o que quero dizer a vocês. Conversem comigo de vez em quando. Encontrem uma cura para todas essas lágrimas, eu realmente gostaria de respirar pela primeira vez na vida.

O cabo de vassoura quebrado era o mediador entre mim e eles.

O cabo de vassoura quebrado nas minhas costas.

Lembro-me de televisões e lareiras e pias de porcelana. Lembro-me de ingressos de cinema e estacionamentos e SUVs. Lembro-me de salões de beleza e feriados e persianas nas janelas e dentes-de-leão e o cheiro da rua recém-asfaltada. Lembro-me de comerciais de pasta de dente e mulheres de salto alto e homens de terno. Lembro-me dos carteiros e das bibliotecas e das boybands e de bexigas e das árvores de Natal.

Lembro-me de ter dez anos quando já não podíamos mais ignorar a escassez de comida e os preços tão altos que ninguém conseguia mais se sustentar.

Por que você não se mata de uma vez? *alguém certa vez me perguntou na escola.*

Acho que era uma dessas perguntas que têm como objetivo ser cruel, mas foi a primeira vez que contemplei a possibilidade. Fiquei sem saber o que dizer. Talvez eu fosse louca por considerar a ideia, mas sempre tive a esperança de que se fosse uma menina boa o bastante — se fizesse tudo certo, se dissesse as coisas certas ou simplesmente não dissesse nada —, talvez meus pais mudassem de ideia. Pensei que pudessem finalmente me ouvir quando eu tentasse conversar. Pensei que pudessem me dar uma chance. Pensei que pudessem finalmente me amar.

Sempre tive essa esperança ridícula.

Não há luz aqui. Não estou certa se escrevo em papel em pele em pedra mas

Você estava feliz

Você estava triste

Você estava com medo

Você estava com raiva

quando gritou pela primeira vez?

Você estava lutando por sua vida sua decência sua dignidade sua humanidade

Quando alguém a toca agora, você grita?

Quando alguém sorri para você, você retribui o sorriso?

Ele pediu para você não gritar ele te bateu quando você chorou?

Ele tinha um nariz dois olhos dois lábios duas bochechas duas orelhas duas sobrancelhas?

Era ele um humano parecido com você?

Cor, sua personalidade.
Formas e tamanhos são variedades.
Seu coração é uma anomalia.
Suas ações
são
os
únicos
traços
que você
deixa
para trás.

Aguente firme
Segure aí
Erga o olhar
Permaneça forte
Aguente firme
Segure aí
Pareça forte
Permaneça em pé
Um dia eu posso estilhaçar
Um dia eu posso
estilhaçar
me libertar